D+
dear+ novel
tonarino otoko・・・・・・

隣の男

安西リカ

新書館ディアプラス文庫

隣の男

contents

illustration : 北沢きょう

隣の男

TONARI NO OTOKO

1

その居酒屋に寄ったのはまったくの偶然、あるいはしつこい残暑のせいだった。

九月の最終日曜日、伊崎(いさき)は自宅の近くに新しくできたフィットネスジムを覗きに行った。最近あちこちでよく見かける二十四時間営業のマシン特化型ジムだ。

今までは出張先でもルーチンを崩さないようにとホテル系列の高額ジムの会員になっていたが、昨今(さっこん)出張は激減し、逆に自宅作業が増えた。自宅から徒歩圏内のジムは気分転換するのにちょうどいい。

なにより、ホテルのジムには思わぬビジネスチャンスも転がっているから——と説(と)いた男ごと終わりにしたくて、伊崎はエグゼクティブが好んで利用するホテルフィットネスから手軽なジムに移ることに決めた。

長い間別れたりよりを戻したりを繰り返していた男と、今度こそけじめをつける。

そう決めて、生活のあちこちに散らばる彼の影を消して回っている最中だった。

「うわ」

入会手続きを終えてジムを出ると、いきなりの照り返しにたじろいだ。来るときには曇(くも)っていたのでさほどでもなかったが、いつの間にか雲は切れ、四時を回ってもまともに日差しを浴びたアスファルトは焦げ付きそうな熱気を発していた。

「あっついなー…」

伊崎の住んでいる駅直結のマンションまではほんの十分ほどだが、この熱気の中では途方もなく遠く感じる。

さてどうするか、と避難先を探してふと居酒屋の暖簾が目に入った。

私鉄の高架沿いにスナックやバーがたち並ぶこのあたりは駅周辺の洗練されたエリアとは空気が違う。カフェのような店はなく、やっているのかいないのか判然としない埃をかぶった喫茶店があるくらいだ。その居酒屋もけして新しくはなさそうだったが、ポロシャツ姿の中年の男が入って行くところで、引き戸が半分だけ開いて中が見えた。伊崎は思わずあとに続いた。

「らッっしゃァー！」

店名の染めがすっかり褪せた暖簾をくぐると威勢のいい声に出迎えられ、中は思いがけず賑わっていた。休日のせいか小上がりには学生風のグループが目につく。あとは肉体労働の作業員、カウンターには悠々自適といった感じの高齢客が並んでいた。

「一人なんですが」

これは無理かもと思いつつ、伊崎はせかせか料理を運んでいる従業員に一応訊いた。

「あー。あいにくカウンターはもういっぱいですねー、相席でもかまいませんか？」

「ええ、はい」

どうしてもというわけではなかったが、もう少し日差しが和らぐまで避難できればありがたい。

「すみませーん、相席お願いできますかー」

従業員が小上がりの一番奥の席で呑んでいた男に声をかけた。四十一、二といったところだろう。ワイシャツにスラックスで、休日出勤のあと一杯引っかけに寄ったという風情だ。

「どうぞ」

男は快くうなずいた。四人掛けの卓だが半分はふきんのかかった食器や古いメニューが積んであり、いつもは使っていない席のようだ。

「すみません」

久しぶりに畳に座る。

「あ、生ビールお願いします」

店の賑わいようから、今を逃すといつ対応してもらえるかわからない、と伊崎は行きかけていた従業員に急いで頼んだ。

「っしゃす、生ひとつー！」

大声で注文を受けてもらってやれやれ、と座卓の前にあぐらをかいた。

「これどうぞ」

「あ、どうも」

伊崎が落ち着くと、目の前の男がメニューをずらして置いてくれた。男の長い指に、ふと目を引かれる。

伊崎はメニューを手に取りながら、さりげなく男を窺った。彼のほうは通路向こうのテレビで放映されている野球のデイゲームに気を取られている。顔立ちは悪くないが、形態安定のワイシャツや見苦しくなければそれでいい、というような短髪で、なんの印象にも残らない会社員スタイルだ。

この年齢になると男は自然に二手に分かれる。渋い魅力を身に付けはじめる男と、ただくたびれていくだけの男。ほとんどの男は後者で、もちろん彼もそっち組だ。今はそれがありがたい。

「すみません、注文いいですか」

お待たせせッしたァ、とジョッキが運ばれてきた。タイミングを逃すまじと伊崎はメニューを従業員のほうに向けた。

「枝豆と冷ややっこ、あとじゃがいもの辛子和え(からしあ)ときんぴら」

混み合っているときにはすぐに出てきそうなものに限る。じゃがいもの辛子和えときんぴらは目の前の男のチョイスを参考にさせてもらった。美味(うま)そうだ。男がちらっと視線をよこし、わずかに微笑(ほほえ)んだ。ここがゲイバーなら値踏みの視線だが、単に「うまいですよ」という目配せだ。伊崎も目だけでうなずいた。男の視線はすぐまた野球中継に戻っていった。自分の容姿にはそこそこ自信があるが、他人の外見、それも男の美醜になどなんの興味もないという人間は大勢いる。むしろ世間一般ではそのほうが普通かもしれない。

ひとまずビールをぐっと飲むと泡はきめ細かく、苦味が芳醇だ。なるほど繁盛しているわけだな、と一緒にだされた突き出しの煮物にも感心した。気取ってないがしっかり美味い。

「あー」

テレビでわっと観客が沸き、向かいの男が落胆の声を洩らした。伊崎もついカウンターの上のテレビに目をやった。プロ野球にはまったく興味がないが、この時期がリーグの大詰めだということくらいはなんとなくわかる。

「惜しかったですね」

「ああ、はい」

向かい合っているので軽く雑談したほうが気まずくない。伊崎が話しかけると、男は苦笑いをしてジョッキに口をつけた。

「ここってときに踏ん張れないのがどうにもねえ」

どうやらピッチャーのことらしい。

「実は僕、ぜんぜん野球見ないんでよくわかんないんですけど」

「あっ、そうですか」

「大事な試合なんですか」

「これ負けたら向こうのマジック点灯なんで。ただもう今日はちょっと無理かな」

笑うと目じりに優しいしわができて、伊崎は昔からこれに弱い。若い男にはない魅力だ。

「よくここ来られるんですか?」

「そうですね、会社帰りによく寄ります」

対応が物柔らかでくせがない。ちょっと眠そうな顔つきで、伊崎の好みではまったくないが、たまたま相席になった相手としてはちょうどよかった。

「それは?」

卓上醤油がふたつあり、彼は一回り小ぶりのほうを冷ややっこにかけた。

「ここの大将が九州の人らしくて、旨口醤油だそうですよ。こくがあってうまいです」

「へえ」

タイミングよく伊崎のところにも枝豆と冷ややっこが運ばれて来た。木綿豆腐に葱と茗荷、削り節がたっぷりかかっていて、甘みのある醤油が確かに合う。

「ジムの帰りですか?」

着替えるのが面倒だったので伊崎はトレーニングウェアのままだった。スポーツバッグにも目を止めて、今度は彼のほうが気軽に訊いてきた。

「そこに新しいジムができてましたよね」

「ええ。帰りにビール飲んでたら世話ないですけど」

「豆腐の罪は軽いでしょう」

のんびりした口調がなんだかいい。

伊崎は無意識に彼の左手に注目していた。指輪はしていない。それなら独身か、と思いかけたが結婚指輪をしない男はそこそこいる。

各務(かがみ)は指に細いプラチナを光らせていた。

不意打ちに狡(ずる)い男の記憶が蘇(よみがえ)って、胸に鋭(するど)い痛みが走った。

いったいいつこの痛みは消えてくれるんだろう。

各務はいつも洒脱(しゃだつ)だが、どこか油断ならない雰囲気を漂わせていて、伊崎にはそれがたまらない魅力だった。

薄く笑みを浮かべ、どんなときでも余裕を失わない。

学生時代に知り合って、初恋とはいわないまでも、伊崎が本気で振り向かせたくて必死になったのは各務が初めてだった。

当初は向こうも独身だったが、男女問わず派手に遊ぶ各務に振り回されているうちに彼は既婚者になっていた。

気づいた時点で別れろよと言われればその通りですねと返すしかないが、人の心がそう簡単にコントロールできるなら誰も恋に苦しんだりはしないだろう。しかも各務は最初の結婚も二度目の結婚も一年続かなかった。「もう別れた」「あれは終わった」であまりに簡単に離婚してしまうので、伊崎もだんだん「妻」と「恋人」の違いは気にしなくなった。

でも今度こそ本当に終わりだ。伊崎は襲ってくる喪失の痛みに耐えた。

彼が親になることを知ったから、もう続けることはできない。

先週仕事で会ったとき、来年子どもが生まれるんでしょ、もう無理だよね、と切り出した伊崎に、各務は笑ってなにも答えなかった。

今までが今までだったから、また拗ねてるな、くらいの感覚なのだろう。伊崎は同時進行しない主義なので、他に気になる男ができれば各務との関係は切った。でも結局は彼に戻ってしまう。舐められてもしかたがない。

各務との個人的な連絡先はぜんぶ消したが、問題は仕事でどうしても顔を合わせてしまうことだ。プライベートとビジネスは別だと割り切れるだけの胆力がほしい。

「あー」

いつの間にか考えこんでいて、目の前の男の残念そうな声にはっと我に返った。テレビ観戦していた他の客からも悲喜こもごもの声が上がっていて、どうやら試合が終わったらしい。

「残念でしたね」

目が合ったので当たり障りなく言うと、気持ちのこもったため息が返ってきた。

「うーん、まあ今日はしょうがないですね。ってそれでずるずる負けこんでくんだよなあ」

ぼやく調子がどこかとぼけていておかしい。

伊崎はふっと笑った。

「ここはいつもこんなに混んでるんですか?」

「いや、だいたい水曜の夜来るんですが、そのときはカウンターに座れますよ。週末は混むみたいですね」

この男がここに来るのは水曜、と伊崎は頭の中でメモをとった。

駅直結のタワーマンションに住んでいると足元で用事が住んでしまい、引っ越して五年も経っているのに近所に行きつけの店というものがまったくなかった。

駅周辺は再開発を重ねて洗練されているが、このあたりの庶民的な雰囲気も悪くない。これを機に、近所を開拓するのも面白いかもしれない。

「またお会いするかもですね」

伊崎が言うと、男は「じゃあそのときはまた」とのどかな笑顔を浮かべた。

2

グリーンテック、ヘルスケア支援技術、画像解析システム開発、とタブレットの登壇一覧をスライドさせながら、伊崎はげんなりとため息をついた。

都心のビジネスビルのワンフロアは、ピッチイベントのための最新式スクリーンと数十席のブースが設けられている。伊崎はその一番後ろの列に着席していた。ゆるい傾斜がついているので会場は見渡せる。見たところ、ブースはほとんど埋まっていた。イベント後の懇親会も盛況だろう。

このイベントに各務が一枚嚙んでいることは承知していたが、フルオンラインだと思い込んでいた。

「伊崎君と直接話ができるチャンスだって張り切ってる連中もいるんだよ」

懇親会には当然各務も顔を出すはずだから口実をつけて断ろうと思っていたが、主催者に拝み倒されて断りきれなかった。まだ出資経験が浅い時期にかなり儲けさせてもらったという事情もある。

それに、いつまでも彼から逃げ回っているわけにもいかない。各務はもちろん伊崎もそこそこ知られた存在なので、周囲もどういう関係なのかは承知しているが、法に触れない限りはプライベートでのあれこれなど誰もたいして気にしていない。気にしているのは自分だけだ。

伊崎はまたため息をついた。

とにかく最低限の義理だけ果たしたらさっさと帰ろう。

十分ずつのスピーチと三十分の質疑応答で順調にエントリーは消化されていき、いくつかアンテナに引っ掛かったサービスや新規事業もあったが、伊崎はどれも見送った。このイベントでコミットすればまた各務と関係ができる。認めたくはないが、プライベートときっちり切り離していける自信がなかった。

懇親会で、その自信はさらに打ち崩された。

「巧」

伊崎を名前で呼び捨てにできる唯一の男に呼び止められ、思わず足が止まった。主催者の顔は立てたので、もういいだろうと目立たないよう退出するところだった。

「帰るのか？」

各務が柔らかい笑みを浮かべて近づいてくる。もうすぐ五十になるはずで、髪には白いものも混じり始めているのに、各務の場合はそれがすべて男らしい色気につながっている。なんでも着こなしてしまう男だが、今日は濃紺のパイル地カットソーにコットンパンツというカジュアルな恰好で、手入れされたあごひげや極細フレームのグラスもあいまって、実業家というよりはトップブランドのチーフデザイナーといったほうがはまりそうな風貌だった。全てが好みで、問答無用に惹きつけられる。

「ええ、今日は他に用事があって」

「残念だな」

誘いかける眼差しに、伊崎はあえて愛想よく微笑みを返した。

「気になるピッチはなかった？」

「そうですね、今回は見送ろうかなと」

「ふーん。巧ならあのアプリケーションシステムにはネクストステージ申し込むと思ったんだけどな」

「ヘルスケア?」

「そう」

「発想は悪くないと思いましたけど、開発スケジュールが…」

いけそうだなとチェックをつけていた案件だったので、つい話に乗りそうになった。

「すみません、今回は」

「そう」

平静を装(よそお)っている伊崎に、各務は「じゃあまた」とあっさり引いてから、ふいに顔を近づけてきた。

「そのシャツ、よく似合ってるな」

ほんのわずかに潜(ひそ)めた声と意味ありげなトーンにぞくっとした。

かすかな香りを残して、各務は近くを通りかかった知り合いに声をかけられ、そっちに流れて行った。

万が一にもよろけたりしないようにと伊崎は気を引き締めて外に出た。

——そのシャツ、よく似合ってるな。

狙いすましたような一撃に、簡単にやられてしまった。

「くそ」

レストルームの洗面台に両手をついて、伊崎は鏡に向かって毒づいた。スキンケアには気を使っているが、青白い照明のせいか顔色が悪く見える。今日は商談があるわけでもなかったから髪はラフに整え、服も好きなものを選んで着てきた。柔らかなリネンシャツにブランドデニム、なんでもない組み合わせだが明らかに各務の好きなテイストだ。無意識に選んでいた。

「……」

彼に会うかもしれないと、心のどこかで期待していた。見透(みす)かされていた。

悔しいが、やっぱり敵(かな)わない。

伊崎は昔から背伸びしても手が届かない、自分とはステージが違う、と思わされる相手に惹(ひ)かれがちだった。憧(あこが)れと尊敬がそのまま恋に直結してしまう。

二十代の前半までは各務以外にも追いかけたくなる男はいたが、努力して勝ち得てきたものが増えるにつれて好きになれる対象は減っていく。言い寄ってくるような男にはまったく興味がわかないし、そもそも伊崎は異性愛者のほうが断然好きだ。我ながら因果(いんが)な性分で、まったく報(むく)われない。

「ま、仕事に生きろってことですかね」

ようやく少し落ち着いて、伊崎は鏡の中の自分に向かって自嘲(じちょう)した。別に恋愛だけが人生というわけでもないし。

幸い、仕事のほうはビジネスパートナーにも恵まれ、大きな挫折もなく順調にやってきた。

そのビジネスパートナーの向居も、実は異性愛者ばかり好きになる不毛なゲイだ。学生時代に起業イベントで知り合い、同じような性癖ということもあってプライベートでも絡むようになった。向居の場合は女には不自由していなさそうな高慢な美形がタイプで、伊崎以上に面倒な恋愛を繰り返していた。

「なんで俺たち報われない相手ばっかり好きになるんだろうな」

同病相哀れむで愚痴を言い合っていたが、去年、ついに向居は大金星をものにした。

「千裕とつき合えることになった」

比較的クールな男の、あんなに舞い上がっている様子は初めて見た。

ストレートの男に本気になっても虚しい結果で終わるだけ、という気持ちから、向居はゲーム感覚でノンケを落としていたようなところがあった。が、今度こそは本気だと思いつめていたから、驚きながらも伊崎は素直に祝福した。相手の南千裕は伊崎から見ても向居が夢中になるのがよくわかる、健やかな美形だ。なにもかもに恵まれてきて、性格に癖がない。

「でも千裕がずっと一緒にいてくれるわけないしな」

強気な男が彼にだけは呆れるほど弱腰で、いつふられるかとおっかなびっくりデートを重ねている様子だったが、順調に交際は続いていて、そろそろ同居の話も出ているようだ。南の影響なのか、このごろは向居も以前の卑屈さを改めてずいぶん前向きになっている。正直、羨ましい。

ただ、以前のように向居を呼び出して憂さ晴らしにつき合わせることができなくなったのは痛手だった。

「ま、しょうがないよな」

独り言をつぶやいて、今度こそ切り替えた。

それにゲイバーでぱっと騒ぐ以外にもいい気分転換の方法がある。

今日は水曜、あの男が居酒屋でナイターを見ながら飲んでいる日だ。

フィットネスジムの帰りに寄った居酒屋で相席になった男と、伊崎はあれから三回ほど一緒に飲んでいた。いずれもジムの帰りにのぞくとカウンターにいて、どうも、と声をかけると「ああ」と応じてくれ、自然に一緒に飲むことになった。

名乗るようなこともせず、ただ「これ旨いですよ」「冷酒も合いますね」などと話すだけだが、彼ののんきな雰囲気のおかげで妙にリラックスできる。プロ野球には疎いし興味もないが、彼がヒットや三振に一喜一憂しているさまをつまみに飲むのもなかなか楽しかった。「どうして今のがアウトなんです?」「あれってなんで逆に走ったの?」とちょいちょい質問すると「本当に最近は野球って人気ないんだなあ」とぼやき半分に説明してくれる。そんなことが楽しかった。

ナイターが終わっても十時頃までは飲んでいるはずだったが、伊崎が暖簾をくぐったとき、カウンターに彼の姿はなかった。まだ野球中継は終わっていない。年配の男と学生ふうの二人組がいるだけで、伊崎は自分でもびっくりするほど落胆した。約束していたわけでもないのに、今日に限ってなんでいないんだ、と腹が立つ。

しかたなく一人で興味のないナイターを眺めて飲んだが、当たり前のことながら面白くもなんともない。

それでももう少ししたら来るかもしれない、あと少し、あと十分だけ、といつまでも腰をあげる踏ん切りがつかず、手持無沙汰(ぶさた)なまま気づくとかなり飲んでいた。

「すみません、ラストオーダーになりますが」

結局そう声をかけられるまで居座ってしまった。

「ごちそうさまです」

支払いをして店を出ると足元がふらつき、なんだか無性に寂しくなった。こうなるのが嫌で、一人で飲むことはめったにしない。高架下の飲み屋街はスナックや安っぽいバーばかりで、かすかにカラオケや酔っ払いの笑い声がどこからか洩れてきた。十月も半(なか)ばを過ぎ、夜になるとシャツ一枚では寒い。伊崎はぶるっと身震いした。

「あれ？　こんばんは」

まくっていたシャツの袖(そで)を下ろしていると、不意に声をかけられた。この声には聞き覚えがある。

「あ」

振り向いて驚いた。あの男だ。スーツ姿で伊崎に気づき、足を止めている。

「どうも」

のんびりした笑顔に、伊崎は無言で男のほうに向き直った。胸の中にわだかまっていたもの寂しい気持ちが、くるっと伊崎の中で別のものにひっくり返った。

「なんで今日来なかったんですか」

「えっ？」

酔ったあげくの八つ当たりだ。いきなり声を尖らせた伊崎に、男が目を丸くしている。彼の温厚さを知っていて、酔いを理由に甘えてしまった。

「もしかして、待ってたんですか？」

「あなたがなかなか来ないから、帰るに帰れなくてずっと居座ってたんですよ」

どうしてくれるんだ、という言いがかりのニュアンスに彼が「ええ？」と戸惑っている。

「だって毎週水曜は来てるって言ってたじゃないですか。だからそのうち来るかなって待ってたのに」

伊崎の絡むような物言いに、彼は驚きつつも「それはすみませんでした」とおかしそうに笑った。

「今日はちょっといろいろトラブルがあって遅くなったんですよ。家で飲もうと思ってたんですが、よければあなたも一緒に飲みますか?」

「えっ?」

突然誘われ、今度は伊崎のほうが面食らった。

「うち、すぐそこなんです。ちょっと買いすぎたなと思ってたし、よかったら」

男は持っていたコンビニのビニール袋をちょいと持ち上げて見せた。

「あ、えっと」

「でももう遅いか。明日仕事ですよね」

「いえっ」

焦って声が大きくなった。

「いえ、あの――融通のきく仕事なんで、それは大丈夫なんですけど」

絡むような物言いをしていた伊崎が急にトーンダウンしたのがおかしかったらしく、彼はまた面白そうに笑った。

「い、いいんですか?」

「俺は木曜が休みなんです」

それで毎週水曜はゆっくり居酒屋で飲んでいたのかと腑に落ちた。

それじゃ行きましょうか、と彼が歩き出して、伊崎は慌ててついていった。

3

彼の住まいは居酒屋からほんの五分ほど歩いた先の四階建てコーポだった。築年数は経ってそうだが造りはしっかりしている。階段で二階に上がり、開放廊下の一番手前が彼の部屋だった。

「どうぞ。散らかってますよ」

狭い板張りの玄関からドアを開けると案外広いダイニングキッチンで、本当にかなり雑然としていた。ダイニングテーブルの上には郵便物や書籍が積み上げられ、ベランダのカーテンレールには洗濯ものが引っかけられたままになっている。

「適当に座っててください」

そう言って引き戸を開けると、その向こうが居室部分になっていた。絨毯でベッドとローテーブルが置いてある。そこも衣類や雑誌が散らばっていて、ひとめで男の一人暮らしだと見てとれた。

「ちょっとこれだけ先に、すみません」

よくこれで人を呼ぶ気になったなと内心呆れたが、彼のほうはなんの頓着もなくリモコンを取ってテレビをつけた。スポーツニュースを見たいらしい。

「勝ったんですか?」

この時間ならもう決着はついているだろう。

「延長してたんです」

まるで昔からの友人を家に呼んだような態度だ。スポーツコーナーが「プロ野球の結果です」と始まって、伊崎はひとまず放置された。彼はテレビの前に突っ立って贔屓のチームの勝敗がわかるまでスタンバイするつもりのようだ。勝手にあれこれするのも気が引けて、しかたなく伊崎も上着を脱いだりしながら一緒にテレビの前で野球の結果を見守った。

「お、おお、あっ、ああ〜…」

贔屓チームの試合がダイジェストで流れ、アナウンサーがゲーム展開を読み上げるのに合わせて反応するのが面白い。試合は結局引き分けで終わった。

「十二回までやって、決着つかなかったんですか?」

「はあ、まったくですよ。これ最後まで球場で見てた人は終電なくなってますね。引き分けで帰るの可哀想だな」

ようやく伊崎のほうを向き、彼は「座ってください」と上着を脱いだ。

「日本酒もありますけど、まずはビールで」

「あ、どうも」

居酒屋を出るときはかなり酔っ払っていたが、彼とばったり会って少し歩いたこともあり、だいぶ酔いは醒めていた。

「あの、一応これ」

名乗ることすらしないで家に上がり込んでいることが今さら気になって、伊崎はパスケースに入れていた名刺を出した。

「あ、それじゃ俺も」

彼も通勤バッグから名刺入れを出してきた。

「よろしくお願いします」

「こちらこそ」

いきなりの名刺交換になり、同時に小さく噴き出した。

「安原さん、ですね」

伊崎も知っている食品メーカーの名刺に安原友則と刷り込まれている。肩書はグローバル添加物研究室室長だ。

「研究職なんですか」

なんとなくメーカーの営業をしているイメージだったので意外だ。

「伊崎さんはＩＴ関連のお仕事ですかね。代表ってことは経営されてるってこと？」

安原も伊崎の名刺を物珍しそうに眺めている。

「デジタルマーケの分析やってるんです。社員十数人の小さい会社ですよ」

「へえ、デジタルマーケの分析。ってぜんぜんわからんな」

軽く呟いて、安原は名刺を名刺入れにしまった。

「安原さんはおいくつなんですか？」

何度も一緒に飲んでいたのに、そんなことも知らない。

「この前、四十になりました。伊崎さんは」

「僕は来年三十です」

年齢も職業もだいぶ違う。

今までまったくバックグラウンドを知らなかったので妙に新鮮だ。同時にそんな相手の家に上がり込んでいるのか、と不思議な気がした。安原のほうは昔からの友達が来ているような気安い態度だ。

「ちょっと小腹空いたんでツマミ作りますね。あ、グラス要ります？」

「あったら嬉しいな」

「そこから出して下さい」

安原がキッチンに立ち、伊崎はその後ろの棚からグラスを取った。

「安原さんは？」

「俺はいいです。袋に入ってるの、適当にあけてて下さい」

ちらっと見えた冷蔵庫の中身はかなり充実していた。安原はシャツの袖をまくってフライパンをコンロにかけ、同時に鍋で湯を沸かしだした。テレビはニュースが終わり、深夜バラエティが始まっている。

伊崎はローテーブルに戻ってビールをグラスに注いだ。コンビニの袋にはするめやチーズ、ナッツのパックが入っていた。なんだか学生時代の友達の家に遊びに来ているようだ。

「よかったらこれも食ってください」

安原がどこかの景品なのでは、と思うような深皿をふたつ持ってローテーブルに戻ってきた。

「安原さん、料理するんですね」

「料理っていうほどじゃないですけど」

野菜とツナの卵とじと、茹でブロッコリーはどうやら粉チーズで和えているようだ。過去につき合った男の中にも料理自慢はいたが、一晩煮込んだテールスープとか鶉や兎などのジビエ料理とか、仕込みも手間もかかるやたら本格的なものばかりだった。こんな素朴な手料理を出してもらったのは、考えてみれば初めてかもしれない。

「あ、旨い」

ブロッコリーは思いがけずスパイスが効いていた。チーズの塩気もちょうどいい。

「残業のあとはこういうの食いたくなるんですよね」

「わかるかも」

卵とじも優しい野菜の甘みにほっとする。長らくこんなものは食べていなかった。

「俺は外食ばっかりだから、こういうのって久しぶりです」

「外食続くと飽きないですか」

「うーん、でも自分で作るのは面倒だしな」

「まあ面倒は面倒だね」

気安い会話と缶ビールとありあわせの手料理、テレビの緩(ゆる)いバラエティ、なにより安原ののんびりした佇(たたず)まいがとてもよかった。

年齢が上、という以外に好みの要素が一つもない。そこがいい。

「俺、今日ムカつくことがあったんですよね。それでつい安原さんに八つ当たりしちゃって」

伊崎は遠慮なく新しいビールを開けながら愚痴(ぐち)まじりに打ち明けた。

「別れた男が、いかにもまだ俺に未練あんだろって態度で話しかけてきて、こう、余裕たっぷりに」

「別れた、男？」

思った通り安原が「男」に反応した。

「そうです、男」

「あ、やっぱり」

「やっぱりって？」

「伊崎さんはもしかして今流行(はや)りのあれかな、と思ってたので。えー、職場で研修あったんだけどなんだっけ。…ＬＧＤＢ？」

「ぜんぜん違うし、その言い方ちょっと失礼ですよね？」

差別発言を悪気なく口にする人は別に珍しくもないし、安原の場合は少数派に対する単純な反応だとわかっていたが、伊崎はわざとらしく咎めだてした。

「すみません」

安原も軽く謝る。本当になんとも思っていないからこその反応だ。

伊崎がゲイだと明かしても彼ならふーんで流すだろうと思っていたが、予想通りの流れに、それでも伊崎はほっとした。

「安原さんは？」

「見てのとおりの独り身ですよ。遠い昔には結婚してましたが」

「ああ、そんな感じ」

「そんな感じ、ってちょっと失礼ですよね？」

思いがけずやり返された。安原が面白そうににやにやしている。

「すみません」

伊崎も苦笑した。基本的には温厚だが、安原は伊崎の口の悪さを面白がっているところがある。そこはやはり年上だという感じがした。

そのあとも他愛のない話をして、まだ知り合って間もない相手とこんなに気楽にいられるのが、伊崎はなんだか不思議だった。安原には人の緊張を解くなにかがある。この人はたぶん、むやみに人をジャッジしない。そのままで受け止めてくれる。人前では気を抜くことのできない伊崎ですら、いつの間にか彼のペースに巻き込まれていた。

「伊崎さん、もう今日は泊まっていきませんか？」

だらだら飲んでいるうちに時間が経(た)っていて、気づくとうとうとしていた。背もたれにしていたベッドによりかかっていて、はっと目をあけた。安原もあくびをしている。

「今から帰るの、面倒でしょう」

「いや、でも…」

「昨日もあんま寝てないんで、俺はもう寝ます」

適当にどうぞ、と言って上掛けをたぐりよせて伊崎に押し付け、自分は毛布をかぶって横になってしまった。

どうしよう、いくらなんでも…、と迷いつつ伊崎もごろっと横になった。そばに落ちていたブランケットを丸めて枕にするとちょうどよく、もう目を開けるのは不可能だった。伊崎はそのまま吸い込まれるように眠ってしまった。

翌朝は、コーヒーの匂いで目を覚ました。

「伊崎さんも食べます？」とホットサンドの朝食までご馳走(ちそう)になった。チーズとトマトを挟んで焼いただけのパンが妙に旨いのはぐっすり眠れたからだ。まだ出会って間のない人の家で、しかもカーペット敷の床でこんなによく眠れてしまう自分の図太さに呆れつつ、それでもたっぷり眠れて気分は爽快だった。各務のことでぐずぐず悩んでいたのも馬鹿らしくなり、やはり睡眠は大事だなと思う。

「お世話になったお礼に、今度奢りますね」

顔を洗わせてもらい、買い置きの歯ブラシまで出してもらって、さすがに申し訳なくなった。

「そりゃありがたい」

十歳も年下の相手に奢ってもらう気満々の安原は寝ぐせもそのままで、気のいい笑顔を浮かべている。

近所にいい飲み友達ができた。そう思い、ああそうか飲み友達だ、と自分たちの関係をうまく言い表す言葉に納得した。

「それじゃまた」

「ええ、たぬきでまた」

「たぬき?」

玄関先で挨拶をしていて、いきなりたぬきってなんだ? と首をひねってすぐにわかった。

「ああ、あの店たぬきっていうんですか」

「そうですよ」

居酒屋としか思っていなかった。

「じゃあまた、たぬきで」

「ええ。たぬきで」

のんびりした男の口から出た「たぬき」があまりにぴったりで、たったそれだけのことなのに、伊崎はなんだかいつまでもおかしかった。

4

「安原さん、まだ頑張ります？」

「もうちょっといけますすね」

「やばいですよこれ」

「うーん、じゃあと一分」

十二月になった。

サウナで並んでだらだら汗を流しながら、伊崎は横目で安原を観察した。意外にいい身体つきをしている。正直、かなり驚いた。特に鍛えている様子もないし、外見を気にするような性格でもないので、てっきり年齢相応にたるんだり衰えたりしているだろうと思い込んでいたが、実際はだいぶ違った。各務のような理想のボディラインではもちろんないが、ごく自然な筋肉がついていて、多少肉がついているのもかえって貫禄があっていい。

「ラボで肉体労働してるからかなあ」

なにか運動をしているのかと訊いてみると、そんな答えが返ってきた。扱っている実験資材が重量のあるものらしい。もともと筋肉質なタイプのようで、学生時代はもっぱら登山をやっていて、ここしばらくは仕事が忙しくて遠ざかっているが、そのうち一緒にどうですと誘われた。

「山ですか」

「楽しいですよ」

「正直、そそられないですね」

「それは残念」

安原の家で宅飲みのあげくに雑魚寝(ざこね)で泊めてもらってから、近所に住んでいることもあり、安原とはすっかり気安いつき合いになっていた。

「でもトレッキングとかなら行ってもいいかな」

「気候よくなったら誘いますよ」

安原は基本的に木曜が休みだが、あとはラボの都合で連勤になったりまとめて休みをとったりするかなり不規則な勤務体系だった。伊崎も同じようなものだが自由は利(き)くので、あらかじめ予定を訊いておいて合わせることが多かった。

彼の贔屓(ひいき)の野球チームは結局リーグ三位で終わったらしい。伊崎にはシステムがよくわからないが、敗者復活戦のようなゲームがあって、それは彼の部屋で観戦した。そのころにはすっかり気ごころも知れ、日本酒の試飲会に行ったりバッティングセンターに行ったり、気ままな独身同士で親睦を深めた。

今日は休みがかぶったので「たぬき」で落ち合いませんかと連絡したら、それならその前に銭湯に行きましょう、と誘われた。行きつけの銭湯に新しくサウナが導入されたのだという。

そんなわけで腰にタオルを一枚巻いた状態で、並んで室内時計を睨んでいた。

「そういえば伊崎君の通ってるフィットネスにはサウナないの？」

この一ヵ月半で、伊崎さんから伊崎君に呼び方が変わった。

「あるけど、時間食うからあんまり利用しないですね」

年上に対する礼儀は残しつつ、伊崎もかなり砕けた物言いになっている。

「俺もサウナって昔からいまいちよさがわからんな」

「そのわりに誘ったじゃないですか」

「いや、流行ってるみたいだし新しく導入されたっていうから、好奇心で」

それにしてもこっちがゲイだとわかった上で銭湯に誘うということは、本当にそういう意味での関心はないんだよなあ…、と伊崎は当たり前のことを再確認した。

「一分経ちましたよ」

「よし出よう！」

平日の午後、中途半端な時間のせいか銭湯はがら空きだった。

サウナのあとは水風呂で「ととのう」のが醍醐味らしいが「やめときましょう」で意見一致し、そそくさと身体を流して湯に浸かった。

「それにしても伊崎君は美意識が高いよね」

ふーと長い息をついて、安原が両手で髪をかきあげながら言った。

「ああ、脱毛ですか?」

伊崎が全身脱毛していることを知って、安原は目を丸くしていた。

「今は男もエステ行く時代らしいけど、俺の周りは若い連中もむさ苦しいからなあ」

「俺、内腿にタトゥも入れてるんですよ」

脱毛つながりで思い出した。

「タトゥって、刺青?」

「小さいやつです。内腿だから普段見えなくて忘れてますけど」

「ほおぉ」

リアクションがいちいち面白い。

「なんでまたそんなの入れるの? 痛いだろうに」

「ピアスと同じようなファッションですよ」

「でも見えないとこなんだろ?」

「だから、自分の男にだけ見せるんです」

「ん？　ああ、なるほど」

裸で大きく足を開かない限りは見えない位置にある、という意味を悟り、安原が微妙な顔になった。今となっては若気の至りで少々恥ずかしいが、除去するほどでもないのでそのままにしている。

「ちなみに、どんなタトゥ？」

「自分の男しか知らない、ってのがロマンなんですよねー」

もったいぶるほどでもない、よくある蝶の図案だが、伊崎がふざけて流し目を使うと安原も「なるほど、そりゃ色っぽい」と調子を合わせて笑った。

「まあ今は見せる相手もいないんですけどね」

「そのうちできるよ」

安原が雑に励ます。

「俺は男の好みが厳しいんで、そう好きになれる人っていないんですよ。まあ、しばらくそういうのはいいんですけどね。安原さんと遊ぶの楽しいし」

これはかなりの本音だ。

「元カレさんになんか言われたって怒ってたね、そういえば」

「俺がまだ未練たっぷりだって確信してんのがむかつくんですよ」

それが図星だから、ムカついた。

伊崎はざぶっと肩まで湯に浸かった。でもこのごろは、あまり各務のことは考えなくなった。今までなら必死になって仕事に逃げていたところだが、安原と巡回バスで蔵元巡りをしたり、老朽化したバッティングセンターで最速モードに挑んだりしていると気が晴れて、子どもが生まれたら出産祝いを贈ろうか、と厭味なことを思いつくほどの余裕までできてきていた。

もっとも各務なら伊崎のそんな厭味など軽く受け流し、腹が立つくらいスマートなお返しをしてくるだろう。

「伊崎君にそこまで言わせる元カレさん、見てみたい気もするな」

「本当は興味ないくせに」

「いやいや」

「ほら興味ない」

「そんなことないよ」

どうでもいい話をしながらそれじゃそろそろ、と湯から上がってそのまま居酒屋に向かう。いい休日だ。

「あ」

いつものたぬきでいつものカウンターに並んでいつものジョッキを傾け、伊崎は思わず声をあげた。テレビに各務が映っている。

「なに？」

「あれ。俺の元カレです」

伊崎はジョッキを置いて、行儀悪く箸でテレビを指した。

「見てみたいって言ってましたよね」

夕方の情報番組で、各務はデジタルアートビジネスについて「専門家」として解説をしている。今日はきれいに髭を剃り、濃紺のジャケットに白のニットでもうすぐ五十歳とは思えない若々しさだった。それでいて物腰はどっしりと落ち着いている。

「へえ、あの人が」

隣で安原も興味津々で注目した。

今日はまたあからさまに好感度に全振りしてんな、と伊崎はビールを飲みながら観察した。暗号技術やデジタルアートは保守層に胡散臭いと思われがちなので、誠実さを前面に押し出しているのだろう。歯切れのいい物言いでアナウンサーの初歩的な質問に一歩踏み込んだ内容で返事をするところはさすがだ。同じ質問をされたら、こんなふうに短いセンテンスでわかりやすく解説できるだろうか、とつい真剣に視聴してしまった。

「ふーん、譲渡のたびに価値を見込んで投資するのか」

各務の巧みな話術に安原も素直に聞き入っている。伊崎はカウンターに頬杖をついた。

「そのプラットフォームの覇権争いやってるんですよ。博打は結局賭場主が一番儲かるでしょ」

「ああ、なるほどね」

「で、彼の場合はビジネスっていうよりゲーム感覚なんですよね」

ただし本気のゲームだ。だから強い。

「伊崎君となんとなく似てるね」

安原が横目でこっちを観察してくる。

「俺が彼の真似ばっかりしてたんです」

伊崎は薄く笑った。

知り合ったころ各務はまだ外資の金融関連会社に在籍していて、個人的に学生ビジネスのイベントによく顔を出していた。ITベンチャーが波に乗りかけていた時期で、彼に後押ししてもらって成功した学生は多かった。伊崎もその一人だ。

「仕事もすごい人だけど、男女関係なくモテるから遊ぶのも派手で、そのへんも影響受けちゃったんですよねー…」

ただし伊崎自身は常につき合う相手は一人だ。各務以外に気になる男が現れたときには各務との関係は切った。べつに倫理観がどうとかいう話ではなく、単純に複数と同時進行できるほどの器(うつわ)ではないからだ。各務は他の相手がいても一緒にいるときにはそれを気取(けど)らせるようなことはしない。生まれつき回線がたくさん備わっていて、パワーも桁違(けたちが)いなのだろうと思う。

だから仕事もできるし私生活も派手になる。ある意味当たり前のことだ。今まで各務ほど「敵(かな)

わない」と思わせてくれる男はいなかった。だからどうしても彼に戻ってしまう。

なにより腹が立つのは、各務がそれを理解していることだ。

――一人に絞るのは無理だけど、いつでも俺の一番は巧だよ？

馬鹿にしている。

でも惹かれてしまう。

ぼんやりしているうちに「今日はわかりやすい解説をありがとうございました」とアナウンサーにまとめられて各務がにこやかに頭を下げていた。

こんなふうにメディアに出ているということは、また新たになにか仕掛けを考えているのだろう。彼が表にでてくるときには必ず複数の意図がある。

各務は自分の投資会社の他に複数の企業の顧問や戦略チームのメンバーになっている。

君は野心がなさすぎるとよく各務に言われていたが、伊崎はある時期から自分の会社にフルコミットすると決めていた。複数の男女と同時進行できる各務のような器用さは自分にはない。

「俺、安原さんと知り会えてよかったな」

ＣＭになって、伊崎は呟いた。

「えっ、俺？」

「こんなふうに仕事関係なく気楽に飲める人、初めてなんです」

安原のおかげで不意打ちに各務を目にした動揺を最小限に抑えられた。

「俺も伊崎君みたいな人は初めてだよ。こう、なんていうか、キラキラしてて」

「キラキラって」

安原の安直な表現に伊崎は小さく噴き出した。

「まあ外見には気を使ってますからね。金もかけてるし」

「脱毛にタトゥに？」

「スキンケアも怠りません」

「ほー」

「でも俺が特別ってわけじゃないですよ。みんなけっこう気を使ってます」

そのぶんストレートの男の無頓着さには憧れる部分がある。安原の飾り気のなさも好きだ。

「そういえば、俺の友達が彼氏と同居始めて、遊びにこないかって誘われてるんですよ。一緒に行きませんか？」

ビジネスパートナーの向居の恋人も、本来はストレートだ。向居が一目惚れしたというだけあってきれいな男だが、彼もいかにもノンケらしいおおらかさがある。

「伊崎君の友達ってことは」

「男性同士のカップルです」

「ほお」

「旨い酒出ますよ、たぶん」

「それはいいなあ」

安原はいつも少し眠そうな顔つきをしている。彼の前では格好をつける必要などないし、ひたすらほっとできる。

「じゃあお邪魔しようかな」

なにより彼と飲む酒は旨い。

今の伊崎にはそれが一番大事なことだった。

5

年が明け、安原（やすはら）と一緒に向居（むかい）の新居に出かけることになった。

ホームウォームパーティは年末に親しい友人たちでやったので、今回はただのランチだ。

「考えてみたら、俺こういう感じで人の家に行くの初めてだな」

駅で待ち合わせすることになっていて、伊崎（いさき）がマンションのエレベーターホールを出ると、安原はもう駅構内に入る手前のところで待っていた。

「こういう感じって？」

いちいち挨拶（あいさつ）するようなこともなく、顔を合わせるとそのまま並んで歩き出した。

「招待、みたいな感じ」

「そんな改まったもんじゃないですよ、ってそもそも安原さんいつもと同じ格好じゃないですか」

「えっ、悪かった?」

「いえ全然」

近所に飲み友達ができたと話したら会ってみたいと言われたので、むしろいつも通りのほうがいい。

よく見たら顔はけっこういいんだけどな、と伊崎は年季の入ったダウンジャケットにいつもの防寒パンツをはいた安原を見やった。寒くなってからは常にこの格好だ。

「今日は伊崎君、キラキラ度合いがアップしてるような」

安原のほうも珍しく伊崎の服装を観察している。

「そうですか?」

安原と知り合ってからひたすら弛緩した休日を満喫していたが、年末年始にファッションにうるさい友人と会ったり、いきつけのゲイバーのイベントがあったりで久しぶりに装う楽しさを思い出していた。

「派手だね」

じろじろ眺めた挙句の不躾な感想に、伊崎は「似合うでしょ」とつんと顎を反らして応じた。

細身のノーカラーコートはネップの入った複雑な生地で、糸にイエローが入っているのでスヌードもイエローにした。確かに目立つ配色だがこのくらいは着こなせる。髪も今日はややタイトに整えた。

「確かに似合ってる」

「ありがとうございます」

たぬきでだらだら飲むときは伊崎もジム帰りのトレーニングウェアだったりなので安原と並んでも違和感はないが、今は通りかかる人がちらっと視線をよこす。

「俺と安原さんってどういう関係に見えるんでしょうね」

ホームに並んで電車を待ちながら隣の安原に訊くと「うーん？」と首をひねった。

「中学のときの担任にばったり会ったフリーランスとか？」

「俺フリーランスなの？」

「職業不詳」

「モデルくらい言ってよ。それで自分は中学教師なんだ」

「いい線行ってない？」

確かに温厚(おんこう)な理科の先生と言われるとしっくりくる。

そんなどうでもいい話をしながら電車を乗り継ぎ、途中で手土産のワインを買って、正午少し過ぎに向居のマンションに着いた。景観に配慮した植栽(しょくさい)の深い低層(ていそう)マンションだ。敷地が広く全体にゆとりがある。

「へー、こりゃまた映画にでも出てきそうだなあ」

シックなエントランスに安原が目を丸くしている。エレベーターホールも黒曜石(こくようせき)と凝(こ)ったアイアンワークが施(ほどこ)されたクラシカルな雰囲気だ。

「いらっしゃい」

玄関ドアを開けてくれたのは向居のパートナーだった。南千裕(みなみちひろ)は伊崎や向居と同じ年の会社員で、向居が惚れ込むのも納得のかなりの美形だ。くっきりした切れ長の二重(ふたえ)のせいでやや冷たく見えるが、笑うと八重歯(やえば)が見えていきなり可愛い印象になる。

「初めまして。南といいます」

「あ、安原です」

ニットにゆったりしたジョガーパンツの休日ファッションだが、かえって南のスタイルのよさがよくわかり、安原がほーと感心している。自分に対してはない反応で、ちょっと面白くなかった。

「どうぞ、入ってください」

すぐ向居も出て来て初対面の挨拶を交わし、中にと誘導された。

「はー、すごいですね」

安原がまた素直な驚きの声をあげた。

二週間前にも来ているが、そのときは大勢で押しかけたのでリビングがこんなに広いとは感じなかった。

大胆な木目を生かした床に素焼きの壺がアジアンリゾートのホテルを思わせる。重厚なインテリアや壁に飾られた絵画もぜんぶ向居の趣味だ。リビングに続くサービスバルコニーには鳥かごとハンモックが揺れていた。

「どうぞ、座ってください」

ガラス天板のテーブルは現代アートのような陶製の足で支えられていて、並んでいる皿ももちろん国内外の有名なアーティストの作品に違いなかった。

「これなに、塩？」

「真也が塩に凝ってるんですよ」

青銅器のような細長い皿に、数種類の塩が盛られている。南が苦笑した。

「これとか、値段聞いてびっくりしましたよ。たかが塩にって」

「こっちは削りたての味がぜんぜん違うから試してみて」

別の和皿には天然石のような固まりにおろし金が添えられている。

「ほら、やっぱ引かれたじゃん」

南がくすくす笑って向居を肘でつついた。

「いや本当に味が違うから」

「この前はオリーブオイルにハマって、あれも空輪ですごい取り寄せしてたんだよね」

南は見た目を裏切る庶民派で、さらに恋人の金銭感覚に批判的な態度を隠さない。つき合い始めの頃は向居が一生懸命合わせているようだったが、結局南のほうが持ち前の柔軟性で「好きにしたら?」というスタンスに落ち着いたようだ。

「俺が金出すわけじゃないからいいけどさ」

言いながら、南が悪戯っぽく岩塩をスプーンで掬った。

「で、どうする? 最初はワインにするか?」

「安原さんは日本酒党だよね」

「あ、気が合いそう」

南が笑って「冷酒にします?」と棚から日本酒の瓶を出した。

「俺は銘柄とかよくわかんないんですけど、無濾過純米は間違いないと思って」

「秋田の酒か。美味そうですね」

「最近いい酒屋見つけたんですよ。そこの店主のおすすめで」

南と安原がなごやかに盃を交わし始めた。

「おまえは?」

「俺も日本酒にしよ」

用意されていた前菜で飲み始め、途中で向居がオーブンから肉を出してきた。テーブルで切り分け、そこからはワインに切り替えた。

美しい薔薇色の肌を見せる柔らかな肉を伊崎は行儀悪くフォークで突き刺した。隣で安原は箸を使っている。

「ここで塩か」

「右手から順に試してください」

「真也のこだわりは無視して好きに食べてくださいね」

向居が熱心に勧め、南が混ぜ返す。

「いや、せっかくですから」

安原が慎重に塩を試しているので、伊崎もつき合った。

「ふーん」

「どうだよ?」

「あー…なるほどね」

削りたての塩はたしかに違うなとわかる。繊細で柔らかい。肉の旨味を包み込むような感じだ。が、そう意気込むほどのものとも思えない。

と、隣の安原が「美味い」と唸った。

「でしょう」

向居が嬉しそうに身を乗り出した。

「普通に肉が美味い」

向居が無念そうに顎を反らし、南が声を出して笑った。

「塩はもういいからさ、俺、山葵で食いたいな」

「山葵な」

南のリクエストに向居がいそいそと立ち上がる。もともと腰の軽い男だが、南と一緒のときはさらに顕著だ。

「どんどん飲んでくださいね」

向居は上機嫌だ。同じ年三人の中で安原一人がかなり年長だが、安原はとくに気を使うことも使わせることもない。機嫌よく飲み、ほどよく会話に混ざり、いつもはよく知らない人間の前では格好をつけがちな向居もほぼ素になっている。コミュニケーション能力が高い、というのは安原のような人間のことをいうのかもしれない。彼はどこにでも溶け込めるし、誰とでもフラットに愉しむことができる。

「本当に普通の人なんだな」

安原が手洗いに立つと、向居が独り言のように呟いた。

「そりゃ普通だよ。あたりまえだろ?」

「伊崎さんが親しくしてる年上の方だって聞いたから、勝手にいろいろ想像して、正直ちょっと緊張してたんですよ」

南が笑いながら口を挟んだ。今まで伊崎がつきあってきたのは自信満々の起業家タイプばかりだったから、確かに安原はかなり毛色が違う。

「だから、あの人はただの飲み友達だって」

「研究職だって言ってたっけ」

「そう。添加物の研究開発に携わってるんだって。でかいバルブの開け閉めしたり、案外肉体労働だって言ってた」

「ああ、なるほどな。研究職にしちゃがっちりしてるけどトレーニングしてる感じじゃないなと思ってた」

　ごく自然にそんな観察をしている向居に苦笑しながら、伊崎は銭湯で見た彼の身体を思い浮かべていた。

　人に見せるためにトレーニングしている美しい裸体にはほど遠かったが、計算して鍛えた身体よりよほど魅力的に思えたのはなぜだろう。年齢相応の緩みにすらへんな色気を感じた。……あの腕で抱きしめられてみたい、と思ってしまった。たぶん、単純に欲求不満だからだ。

　もうそう若くもないので性欲に振り回されることもなくなったが、安原と飲むのが楽しくてゲイバーやその手の集まりに足が向かなくなっていた。

　仕事の手が空くと「今週は安原さんいつ休みかな」と考えるし、考えるともう彼に連絡をとっている。ただの近所の飲み友達に遠慮など必要ない。

　安原のほうでもマメに予定を合わせてくるので、居酒屋たぬきではすっかり「お連れさん」

扱いされるようになっていた。

「でもああいう普段ゆったり構えてる人っていざとなったらリーダーシップ発揮するんだよな」

向居の考察に伊崎はうなずいた。

「この前飲み屋で客がいきなり倒れたことあってさ。俺も一瞬慌てたんだけど、あの人だけめちゃくちゃ動くの速くてびっくりしたよ。さっさと救急車呼んで、連れの人に家族に電話しろっつって、俺は救急車の誘導に行かされた」

店の前の路地は狭いので車は入れない。場所がわかるように店の前じゃなくて大通りの前まで行って待機してて、と言われて伊崎は店を飛び出した。とっさの判断が速くて指示が明確なのは、常にそういうポジションにいるからだ。そこは伊崎も同じだが、目の前でいきなり人が倒れる、というアクシデントに対応するのにはそれなりの経験もいる。なにかあってもこの人の指示に従えば間違いない、と思える胆力があって、伊崎はかなり安原を見直した。

それでいて普段の安原は常におっとりしていて、自分をよく見せたいという欲もない。そのぶん伊崎も肩の力を抜いていられて楽だった。生来わがままな性格なので身内以外には気を付けているが、彼には感情にまかせて八つ当たりしてしまったときから「どうせとっくにバレてるし」と八割がた隠しもしなくなった。安原のほうも、たぶんそれを面白がっている。

「そろそろ行きます?」

安原が手洗いから戻ってきたのを潮に腰を上げた。

まだいいのに、と引き留められたが、伊崎は「新婚のとこに長居するのは野暮だろ」と冗談めかした。そういう理由もあるにはあるが、それよりスタイリッシュすぎる空間は「たぬき」でだらだら飲む日常を送っている身には少々疲れる。たぶん安原も同意見のはずだ。

「つき合わせちゃって、すみませんでした」

マンションを出て伊崎が謝ると、安原は苦笑ぎみに首を振った。

「こっちこそ場違いなおっさんが乱入して申し訳なかったな」

「そんなことないですよ」

中途半端な時間で、ホームに人影はまばらだった。日中は日差しがあって暖かかったが、夕方になると急に冷え込む。並んで電車を待ちながら、こうして二人きりになりたくなって早めに切り上げたんだな、と伊崎は自分の気持ちを分析した。とにかく彼と二人でいるのが心地いい。

「たぬきで飲みなおします？　安原さん、あんまり食ってないでしょ」

彼はけっこうな健啖家だ。

「いやー、お洒落なものばっかり出てくるから、なんていうか」

「どことか産の野菜にどことか産の塩をつけて食えとか言われても、食った気しないですよね」

「でもあの肉は美味かった」

「本当はあんなちまちま塩つけて食うんじゃなくて、がっつり米で食いたかったでしょ？」

決めつけるように言うと、安原がおかしそうに笑った。安原が自分の言動を面白がっているのを感じるたび、伊崎はへんに安心した。この人の前ではなにも取り繕う必要がない。

「伊崎君ちもあんなにお洒落なの？」

「まさか。俺は向居みたいにインテリアに興味ないし機能重視だから、オフィスと変わらないですよ。まだうちの事務所のほうがインテリアデザイナー入れてるから遊びがあるくらいで」

もっとも寝室だけは別だ。

ベッドやコンフォーターは吟味を重ね、全体にシンプルモダンなインテリアで統一した。そこで一緒に寝た唯一の相手のためだ。

「オフィスか。つまり整然としてるんだな」

「清掃サービス入れてるだけですけどね」

久しぶりに各務のことを思い出した。伊崎は小さく息をついた。

以前は些細なことですぐ各務のことを考えてしまい、そのたびに苦いものを味わっていた。このごろはほとんど思い出さないし、思い出してもさして動揺しない。安原といるときなら、さらに平気だ。

「うちに来てみます？」

たぬきで飲み直すつもりだったが、駅についてから、伊崎はふと思いついて誘ってみた。

「伊崎君ちに？」

「すぐそこだし、寄ってってください」

改札を出て短い連絡通路を通るとそこがマンションのエントランスだ。それじゃ、と安原がのこのこついてくる。

「あれ、ここもうマンションエリア？」

「便利なぶん、実はセキュリティゆるゆるなんですよね」

指紋認証を採用しているが、人の行き来の多い駅コンコースからすぐなこともあり、住人がエントランスに入るとき関係のない人が間違って迷いこんでいるのを何度か見たことがある。逆を言えば住人の出入りを見計らって自然に入ることも簡単だ。

ガードしているつもりでぜんぜんできていない。

まるで自分のようだ。

見かけばかり強そうに虚勢を張って、中身は恥ずかしいほど弱くて脆い。

「見晴らしいいんだろうね」

「いや、中層階なんでそうでもないですよ」

以前は別のタワーマンションの高層階に住んでいたが、眺望は慣れると飽きるし、地上まで距離があると案外面倒なことも多い。なにより災害のときに詰みそうなので今回はいざというときには自力でなんとかなりそうな十一階を選んだ。

それでもリビングから見渡せる夕暮れの空に、安原は「ほう」と感心して窓辺に寄った。

群青が濃く、もう陽が落ちる。晴れた日の日中は真冬でも暖房がいらないくらいだが、陽が落ちるとさすがに冷えてくる。伊崎は急いでエアコンをつけた。

「殺風景でしょ」

「清々しいくらいなんにもないね」

カーペット敷のＬＤＫにはソファセットしかない。あとは壁掛けのワイドテレビとフロアスタンドくらいだ。

「引っ越ししようかなと思ってたんで、だいぶ処分したんですよ」

腐れ縁の男と別れる決心をして、でもいつその決心がぐらつくか自分が信じられなくて、引っ越ししようと考えていた。

「伊崎君、引っ越しするの？」

「いや、しないです。やめました」

近所に飲み友達がいるというのは得難い環境だ。

「あ、しまったな。なんか買って来ればよかった」

「なにか手伝おうか」

冷蔵庫を覗いていると安原が近寄ってきた。

「いえ、手伝ってもらうほどのことできないんで」

伊崎は料理をしないのでそもそもろくな食材もない。ストックしているレストランの真空惣菜パックをつまみ代わりに開け、ビールを出してカウンターに並べた。

「こんないいキッチンなのに、使わないのもったいないね」

「それじゃ安原さん今度ここで料理してくださいよ」

「そりゃいいけど」

「鍋しましょうよ」

「あー、鍋いいな」

なにげない提案に、気持ちのこもった賛同が得られた。

「なに鍋します?」

「この前職場の打ち上げでけんちん鍋食ったの美味かった」

「あー、具だくさんのやつですね」

「あと土手鍋とか」

「鴨鍋とか」

「潮鍋」

「寄せ鍋」

「ちゃんこ鍋」

「しゃぶしゃぶもいいな」

「いいねえ」

どうでもいい話をだらだらしながら飲んでいると心地のいい酔いが回る。

「本気で鍋食べたくなってきたな」

「下のスーパー行きます？　あ、でも土鍋がそもそもない」

「普通の鍋はあるの？」

「フライパンはかろうじて」

調理器具もほとんどないので諦めて、代わりにおでんをデリバリーして鍋欲をささやかに満たすことになった。

「こんど土鍋買おうかな」

配達されたスチロールのパックを開けながら安原が言った。黄金のおでん出汁（だし）に、基本の大根やこんにゃく、練りものと卵が機嫌よく浸（つ）かっている。並んでカウンターに座っているとたぬきで飲んでいるような錯覚を覚えた。

「安原さんちにも土鍋ないんですか」

「最近は一人用のもあるらしいけど、基本鍋は一人じゃやんないからね」

「じゃあ俺が鍋しに行く前提？」

「おいでよ」

「行く行く」

ごく簡単な誘いが、簡単だから嬉しい。

「それじゃなに鍋にしようか」

「けんちん鍋からまたループします？」

笑っている安原の目じりのしわがつくづくいい。

「安原さん、もう今日は泊まっていけば？」

そのあとも地上波テレビをつまみに雑談しながら飲んで、気が付くと安原がうとうとし始めていた。最近仕事が忙しいと言っていたので疲れが出たのかもしれない。

「明日休みなんでしょ？　俺も明日はルーチンタスクしかないから」

「んん？」

カウンターに肘(ひじ)をつき、顎を支えていた安原が顔を上げた。

「シャワーします？　お湯ためてもいいけど」

「いやー…あ、もうこんな時間か」

「寒いし、明日帰っても同じでしょ」

伊崎も酔っ払っていて、カウンターのハイチェアから腰をあげると足元が怪しかった。家で飲むと帰らなくてもいい安心からつい飲みすぎる。

清掃サービスがきたばかりで、バスルームは綺麗になっていた。せっかくだし、とお湯を張り、戻ると安原は出しておいたペットボトルの水を飲んでいた。

「遅くまで居座ってごめんな」

「いいよ、もうお湯入れちゃったから入ってください。俺も安原さんち泊めてもらったことあるし、今日は泊まってって」

「うーん…」

どうしようかと迷っている安原に、帰らないでほしい、と突然伊崎は強く思った。

彼が今帰ってしまったら、きっとすごく寂しくなる。寂しいのは嫌いだ。

「着替え、俺のでいいよね」

「いや、それは悪いだろ」

眠そうにうつむいていた安原が顔を上げた。

「悪くないよ。あ、そういやサイズ間違って買ったやつあるんだった、ちょうどいい」

あくまでも軽い調子で泊まっていくように誘導する。帰ると言い出される隙をつくらないように、伊崎はさっさと寝室に入ってエアコンをつけた。ここも清掃サービスのおかげですべてが清潔に整えられている。

クロゼットをあけて、未使用の下着と洗濯済みのトレーニングウェアを引っ張り出すと、捨てるつもりでまとめておいた各務の服が紙袋に突っ込んであるのが目についた。伊崎は行儀悪く足先で紙袋を脇に寄せてクロゼットの扉を閉め、またすぐに開けた。

二十四時間いつでもごみを捨てられるのに、先延ばしする必要はない。

「安原さん、風呂」

「んん……？」

「入ってください。これ着替え。タオルはあるの適当に使って。俺ちょっとごみ出ししてくるから」

「ああ、ありがとう…」

「風呂、そっちのドアね」

安原は眠そうな顔のまま着替えを受け取り、あくびをしながら浴室のほうに向かった。それを見届けてから、伊崎は玄関を出た。

フロアの端に設置してあるごみ収集ボックスの扉をスライドさせて紙袋を抱え直すと、中身が見えた。柔らかな布地のグリーンの部屋着、靴下、タオル、シャツとボトムス。ぜんぶ各務が使っていたものだ。

資源回収プレートの張られたかごに、勢いをつけて別れた男の置き土産を紙袋ごと放り込んだ。雑誌やダンボールが束(たば)ねられている間に紙袋がおさまって、伊崎はふうっと息をついた。

たったこれだけのことをするのに数ヵ月もかかってしまった。なんだか肩から力が抜けた。

部屋に戻り、そのへんを片づけていると、ややして安原が髪を拭(ふ)きながら浴室から出てきた。

「ありがとう、さっぱりした」

伊崎のトレーニングウェアが少し小さくて、あ、これ「彼シャツ」の逆だ、ととっさに考えてしまった。

俺よりこの人のほうが身体が大きい。

銭湯で見た彼の裸体を思い出してしまいそうになって急いで止めた。

「ソファ借りていいの？」

安原が無造作に訊いた。

「あ、えっと」

ベッドは二人で寝ても十分な広さがある。当然そこを使うつもりだった。

「ソファがいいですか」

「ん？」

「ベッド使ってもらってもいいんだけど…安原さんが嫌じゃなかったら」

「でも伊崎君は？」

「でかいんで、ベッド」

ほんの一瞬、間が空いた。

「俺はゲイだけど、安原さんはまったくタイプじゃないんで。安心してください」

あまりにいろんなことが脳裏(のうり)を巡って、伊崎は焦(あせ)って早口になった。

「いや別にそういう心配はしてないけど」

自分がなにを言ったのかもよくわからないくらい混乱していたが、安原のほうはまったくの通常モードで、おかしそうに笑っている。甘やかされているようで、耳が熱くなった。

「俺、襲われる側なのか」

「だから、襲わないですって。安原さんはタイプじゃないから」

「そんな何回も言わなくても」

苦笑されてますます耳が熱くなる。

「寝室、あっち?」

「そ、そうです」

各務以外の男を初めて寝室に入れる。今さら意識してしまった。

「なるほど、こりゃ楽々一緒に寝られるな」

緊張している伊崎をしりめに、安原は納得したようにキングサイズのベッドを眺めた。

「ごめん、このタオルどうしたらいい?」

「あ、ください」

「そんじゃお言葉に甘えて」

眠いらしく、安原はさっさとベッドにもぐりこんだ。

「おやすみ」

「あ、おやすみ、なさい」

湿ったタオルを手に、伊崎はそそくさと寝室の電気を消して部屋を出た。

「——」

心臓がありえないくらいどくどくと音を立てている。伊崎は立ち尽くして片手で額（ひたい）を押さえた。じんわり汗までかいている。

タイプじゃない――まったく違う。年上という条件だけしかあてはまらない。安原はただの飲み友達だ。

シャワーを浴びて髪を乾かし、伊崎はどうしよう、と寝室に入るのをためらった。

「…なんでだよ」

ためらう意味がわからない、と伊崎は寝室に入った。

ブラインドを閉め忘れていて、室内はほのかに明るい。安原は気持ちよさそうに眠っていた。

厚みのある胸がゆったりと上下しているのを目にして、伊崎はほっと緊張を緩めた。

コンフォーターをまくりあげて中にもぐりこむと、スプリングの振動（しんどう）が伝わって安原が寝返りを打った。どきっとして思わず息を止めた。

「……」

こちらを向いた顔が暗がりでずいぶん男前に見える。すっきりとした鼻梁（びりょう）と眉、目を閉じていると案外睫毛（まつげ）が濃い。

つい見入ってしまいそうになって、伊崎は急いで安原のほうに背を向けた。シーツが肌をこすり、その刺激で緩やかな性欲が湧き上がってくる。

手を伸ばして彼に触りたい。キスをして、抱き合いたい。

しばらくセックスをしていなかったから、欲求が溜まっている。

すぐそばで寝ている「男の身体」に反応しているのか、それとも「彼」だからほしいのか
……見極めようとして、止めた。わかってしまいたくない。曖昧にしておきたい。

伊崎はそっと身体の向きを変え、薄く目を開いた。

考えてみると、初めて各務以外の男をこのベッドに入れた。

セックスとは関係なくただ一緒に寝ること自体、大人になってからは彼が初めてかもしれない。

眠れるかな、と思ったが、安原の寝息を聞いていると不思議に安心できて、心地のいい眠気がやってきた。

伊崎はゆっくり目を閉じて、安穏とした眠りに落ちた。


ふと目が覚めて、間近に安原の顔があってぎょっとした。

「よー、起きた？　おはよう」

目が合って、安原がまだ眠そうな顔で笑った。

「お…はよう、ございます」

安原も今目を覚ましたところらしい。ごろっと仰向けになってふわぁあ、と遠慮のないあく

びをした。

「泊めてもらったの忘れて、一瞬ここどこだってびっくりしたよ」

「俺も一瞬びっくりしました……」

「伊崎君はあれだね、寝ててもやっぱりきれいな顔してるね」

「――は？」

今日も天気いいね、くらいの普通の言い方なのに、いきなり心臓がバクバクし始めた。

安原は両手を上にあげ、手を握ったり開いたりしている。たぶん、朝の習慣だ。

「さー起きるか」

勢いをつけて起き上がると、今度は首をぐるぐる回す。まるで自分の家でいつものように目を覚ましたような日常感だ。

「なにか食べます？」

自分だけが動揺しているのが気恥ずかしく、なんとなく悔しい。伊崎もそそくさと起き上がってくしゃくしゃになっている髪を指で梳いた。

伊崎君はキラキラしてるね、とからかい交じりに言われたことはあるが、真顔できれいな顔、などと言われたのは初めてだ。ついでに「タイプじゃない」と言い切ってしまったことを思い出して後悔した。

あんなこと、言わなければよかった。

「シリアルはありますよ」

「コーヒーもらえると嬉しいけど」

「じゃあ」

先に寝室を出て、伊崎は急いで顔を洗った。きれいだ、という単純な一言が耳について離れない。時間的にそんなに眠っていないはずだし、かなり飲んで寝たのに、鏡の中の自分はまあまあのコンディションだ。目に力があって、肌が潤(うるお)っている。まるで…いいセックスをしたあとのようだ。

「伊崎君、これこのままでいいのかな」

少しして安原が着替えて出てきた。手には伊崎が貸したトレーニングウェアを持っている。変なことを考えていたのでどきっとした。

「いいですよ、もちろん。そのへんに置いててください」

「お、いい匂いだな」

料理はしないが、美味(おい)しいコーヒーは常に飲めるようにしている。コーヒーメーカーにセットしたのは最近気に入っている焙煎店(ばいせんてん)のものだ。

「それにしても、昨日はちょっと飲みすぎたな」

「向居の家行ってから、ずっと飲んでましたもんね」

タイプじゃないと言い切ったことを覚えているだろうか。

カウンターに座った安原にコーヒーを出しながら、伊崎は彼の表情をうかがった。無精ひげが生えていて、むさ苦しいはずなのにそれに妙な色気を感じてしまい、伊崎は急いで視線を逸らせた。ついでに自分の本音からも目を逸らす。

この人はただの飲み友達だ。気が合うけれど、それだけだ。

伊崎は立ったままコーヒーカップをとりあげて一口飲んだ。熱い。安原も味わうように目を細めてコーヒーを飲んでいる。

「次のたぬきは俺が奢るよ」

「そうですか？」

安原の穏やかな佇まいやのんびりした言動にほっとするが、ほっとするだけだ。好みに当てはまるのはかなり年上というところだけ。

あとは、異性愛者ということだ。

異性愛者を好きになってしまうから、自分の恋愛はいつもろくなことにならない。だから本音からは目を逸らす。

「伊崎君は寝てると子どもみたいな顔になるね。あどけないっていうか」

安原がふと独り言のように呟いた。

「え？　な、なんですか、それ」

不意打ちで声が上ずった。

「さっきはきれいだって言ってくれたのに、今度は子ども？」

取り繕ったが、安原は伊崎の動揺に気づいていない。

「無防備できれいな顔してたよ。その二つは両立するだろ。ふだん人の寝顔とか見ないから、目が覚めてびっくりした」

こんなにどきどきしているのに、この人はなんで普通なんだろ、と伊崎は少し恨みがましい気持ちになった。

安原がふああ、と遠慮のないあくびをして、伊崎はできるだけいつもと同じ顔でコーヒーを啜った。

彼とただコーヒーを飲むなんでもない朝が、とてもよかった。

6

伊崎の父親は交通事故で亡くなった。十歳のときだ。

出張の帰り、高速の玉突き事故に巻き込まれた。意識不明で病院に運ばれ、そのまま二日後に亡くなった。

「お父さんは一番いいときに死んじゃって、本当に狡い人」

母親は折にふれては同じことをぼやいているが、それは伊崎の実感でもある。

記憶の中の父は三十九から年をとらない。成功した快活な青年実業家のまま時を止めたおかげで伊崎は強烈なファザコンになってしまった。

毎年、父の命日には必ず実家に顔を出す。

いつものように母親と二人で贔屓(ひいき)のリストランテで食事をして、そのあと家の仏壇に手を合わせた。モダンなリビングに合わせて特注した現代仏壇には、デジタルフォトフレームが置かれていて家族の写真がスライドで流れる。幼児の自分を抱き上げて微笑(ほほえ)んでいる父を眺め、つくづくいい男だよな、と伊崎は妙に客観的にジャッジした。

「巧(たくみ)君、今日は泊まっていくでしょ?」

「いや、帰るよ。明日早いから」

「そうなの?」

母は今年いくつになったのか、女性の年齢はよくわからないが、たぶんものすごく若く見えるほうだろう。手入れの行き届いたロングヘアをゆるやかにカールさせ、上品なワンピースを着ている母はまだ三十代でも通りそうだ。実際、食事をしているとよく姉弟(きょうだい)と誤解される。

「でもまだいいでしょ。なにか飲まない?」

「うん、ありがとう」

広いリビングはまた内装を変えたようだ。伊崎はインテリアにさして興味がないので、ソファのビビッドな色の組み合わせに、有名なデザイナーの作品なんだろうなと想像するだけだ。

「これね、いただきものなんだけど」

セラーからワインを選んできたので伊崎が栓を抜き、母親はリストランテでテイクアウトしてきたフィンガーフードボックスを開けた。炙ったり揚げたりの肉や魚介にフルーツとチーズが組み合わされて、目にも楽しくいかにも女性受けしそうだ。

「最近はどうなの?」

「特に変わりないよ」

はっきり話したことはないが、母はたぶん伊崎の性指向は理解している。趣味の延長でジュエリーショップを営んでいるので周囲にゲイはそこそこいるだろうし、息子が一度も彼女の話をしないことからも察しているはずだ。

「仕事は順調?」

「まあまあね。母さんは?」

「まあまあね」

ふふふ、と笑う母のほうは恋人の存在を息子に隠さない。「でも父さんより素敵な人はいないのよね」と悪戯っぽく付け足されるとなにも言う気になれなかった。チャーミングな人だ。

父が亡くなったあと、会社は共同経営者が引き継いだ。都内の一等地の豪邸とかなりの額の生命保険金と事故の補償金、そして会社からの配当で、伊崎も母もずっと裕福な生活をさせてもらってきた。

「この前お友達と食事したとき、そういえば巧君はいくつになるのって訊かれて。びっくりしたんだけど、もう三十になるのよね」

「そりゃなるよ」

「巧君、学生のうちに起業しちゃったからずっと環境変わらないでしょ。なんだかピンとこなくて」

「結婚もしないしね」

わかってるだろうけど、というニュアンスをこめると、「しないの？」と可愛らしく小首をかしげられた。

「しないね」

「そう。でもパートナーができたら紹介してほしいな」

親としては自然な気持ちだろう。同性のパートナーでも今さら驚いたりはしないだろうが、残念ながら紹介するような相手に心当たりがなかった。ちらっと安原(やすはら)を思い浮かべそうになって苦笑して打ち消した。

「そのうちね」

そう言うしかない。

「母さんは？　再婚とか考えてない？」

「ないない」

ワイングラスに口をつけ、母親は片手をひらひら振った。

「楽しくおつき合いはしてるのよ。でも父さんと比べてしまうのがよくないのよね」

「いい思い出しか残さないのって本当に狡いよね」

命日のたびに同じような会話を交わす。

父の記憶は時の経過とともに美化されている。きっと嫌なところも山ほどあったはずだが、死んだ人の悪癖など覚えておく必要はない。そのせいもあって伊崎の中で父はあまりにパーフェクトだった。

「だいたい三十九なんて、男性の一番いいときなんだから」

「そうなの?」

「そうよ」

「ふーん、じゃあ俺もあと九年したら一番いい時期がくるのかな」

「そうよう。楽しみ」

まだだいぶ先だ。チーズをつまみ、伊崎はふと出会った頃の各務がそのくらいだったんじゃないか、と思い当たった。起業イベントで知り合ったのが十年前になるから、たぶんそうだ。

「そのピークっていつまで続くのかな」

伊崎は行儀悪くテーブルに頬杖をついた。各務がいつまでたってもピークを保持したままだから苦労した。彼が部屋に置いて行った服を処分するのですら数ヵ月かかったくらいだ。

「そこは個人差大きそうよね。女性は三十がピークだと思ってるけど、そこからずっと魅力的なかたいっぱいいるし」

「お店のお客さん？」

「あんなふうに年齢重ねたいわって憧れるマダムがいっぱいよ」

「ふうん」

たぶん、母は息子のために精一杯「充実した人生」を追求している。思春期には危ういことも多かったが、母親が前向きに人生を謳歌していることが伊崎にはずいぶん救いになった。

「目標にできる年上の人がいるのって、いいよね」

伊崎が真っ先に思い浮かべるのは、やはり各務だ。あんなふうになりたい、と憧れて追いかけた。

背伸びしないと無理、という男でないと好きになれなかったから、伊崎にとって恋愛はいつもチャレンジだった。

各務だけでなく、いつの間にか好きになっていた、などというぬるい恋愛はしたことがない。狩りとか、釣りとか、とにかく獲物を仕留めるのにはターゲットを明確にする必要がある。手に入れたいと強く思ってから始まるのが恋愛だ。

だから、よくわからない。

安原と一緒に寝た——本当に、ただ一緒に寝ただけ——のあの夜から彼と会えていないだけで、どうしてこんなに不安になっているのか、意味がわからない。

あれから半月、安原の顔を見ていない。

知り合ってからこんなに長く間が空くのは初めてだ。

泊めてもらったお礼に今度は奢るよ、と言った癖に、安原はあれから続けて二回「今日どうですか」という伊崎の誘いを断った。一回目は「急用ができて」で、二回目は「ちょっと立て込んでるので、また今度」だった。

圧倒的に忙しいのは伊崎のほうなので、誘いをかけるのも伊崎から、となんとなく決まっていた。予定を聞いて、合わせる。そのほうが効率がいい。たまに残業だとか出張だとかで断られることはあったが、気にしたこともなかった。

それなのに、今回は気になる。

「急用ってなによ。立てこんでるって、なに」

そんな曖昧な理由で断られたことも、二回続けて断られたことも、気になってしかたがなかった。

呼んでもらったタクシーに乗り込んで、伊崎は性懲りもなく安原からきた最後のメッセージを眺めた。……タイプじゃない、とあんなふうにしつこく言わなければよかった。

伊崎はため息をついてスマホをポケットに突っ込んでシートに背を預けた。

安原はそんなことで気を悪くするような男じゃない。そもそも自分こそ異性愛者の彼にとってはまったくの対象外なわけで、そんな相手にタイプじゃないと言われたところでどうということもないはずだ。帰り際も「じゃあまた」といつもとまったく変わらない様子だった。

それに——。

閑静な住宅街から大通りに出て、伊崎は窓を流れていくヘッドライトを眺めた。

——伊崎君は、寝ててもきれいな顔してるね。

「……」

何度も反芻して、そのたびにそわそわしてしまう。

あの言葉に深い意味などきっとない。

ただ思ったことをそのまま口にしただけで——きれいだと思ってくれたというだけで……。

——無防備で、きれいな顔してたよ。

外見を褒められることには慣れている。それこそもっと洗練された言葉で賛辞されることなど日常茶飯事だ。今さら何とも思わない。それなのに、褒め言葉ですらないただの感想を、何度も何度も思い返している。

二回続けて誘いを断られたくらいでこんなに不安になったりするのも初めてだ。

気になる男にかわされても、アプローチを変えてみようかとか、少し引いて様子をみてみるか、と作戦を練り直すだけだ。…作戦、ってなんだ。

伊崎は落ち着かない気分で身じろぎをした。考えがあちこちに散らかり、正解がみつからない。

運転席のデジタル時計はＰＭ８：49と表示されていて、伊崎はスマホを膝に乗せた。

彼に三度目の誘いを送るのには勇気がいる。もう一回断られたら、きっと誘うのが怖くなる。

それがどうしてなのか、自分がどうしたいのか、伊崎はあえて目を逸らしていた。

もう二週間も会っていない。あの眠そうな顔を二週間も見ていないし、あのゆったり穏やかな声を二週間も聞いていない。

会いたい、と思ったら突然我慢できなくなった。

店に行って、今飲んでるよ、とトークを送るくらいなら。

それくらいなら大丈夫かもしれない。

結局、マンションの前でタクシーを降りると、伊崎はたぬきに足を向けた。高架沿いのスナックやバーの並ぶ通りを歩きながら、伊崎は自分の臆病さに嫌気がさしてきた。別に安原に会えるわけでもない。なにげなさを装うアリバイづくりのために居酒屋に行こうとしている姑息さにもうんざりした。

埃っぽいネオン看板の間で、たぬきだけが暖簾に引き戸で周囲に明るい光を投げかけている。

実家で食事はしてきたから腹は空いていない。帰ろうか、それともせっかくだから軽く飲んで行こうか——考えながら歩調を緩め、伊崎ははっと足を止めた。

たぬきの引き戸ががらっと開いて、若い女性が暖簾をくぐって出てきた。たぬきでは滅多に見かけない、可愛らしい感じの女性だ。

伊崎はとっさにそばの電信柱に身を寄せた。なぜ隠れないといけないのか、ただなんとなく、妙に胸が騒いだ。

白い息を吐きながら、彼女は連れが出てくるのを待っている。細身のウールコートに大きなストールを巻き、肩のあたりで毛先が揺れている。腕に引っかけているバッグは二十代の女性に人気のブランドものだ。伊崎は母親が若く見えるので、かえって彼女の本当の若さもわかる。可愛らしさと品のよさを兼ね備えたフェミニンな女性だ。

やや して、店の引き戸がまた開いて、連れが出てきた。安原だ。

暖簾をくぐってきた見慣れた姿に驚きながら、同じくらい「やっぱり」と予感が的中したことに納得していた。

彼女がなにか言って、ふざけるように安原の腕に腕をからめた。どきっとした。彼女の動きには淀みがなかった。バッグからスマホを出して、安原のほうに顔を寄せる。

今度こそ驚きで棒立ちになった。

まんざらでもなさそうな表情で、促されるまま少し屈んで若い女性と自撮りしている——あの安原が。

女性は何枚か自撮りをしてから、笑って安原にスマホの画面を見せた。スマホのバックライトの中で、二人は親密そうに笑い合っている。今にも軽いキスを交わしそうだ。

気が付くと、伊崎は逃げるように足を速めていた。

自分がなににショックを受けているのかもわからないまま、とにかくそこから立ち去ることしか考えられなかった。

足をどんどん早め、途中からは走り出した。

高架を電車が通過していき、ごうっという走行音に煽られる。今日に限って走るのにはまったく適さないショートブーツを履いてきた。コンクリートを蹴るたび足裏が痛い。革のブルゾンがこすれてきしきし音を立てる。

息が苦しくて、涙がにじんできだ。胸が沸騰している。突き上げてくる怒りを抑えられない。

息を切らして飛び込んできた伊崎に、マンションのエントランスホールでエレベーター待ちをしていた住人が驚いたように振り返った。

伊崎は防火扉の横の階段に向かった。勢いをつけて上り始めると、ショートブーツの踵がうつろな音を響かせる。駆け上がる体力はすぐに尽き、途中からは手すりにつかまってなんとか十一階にたどり着いた。

息が切れ、汗だくで足を引きずり、よろめくように部屋に入った。馬鹿みたいだ、とふふっと笑い、伊崎は玄関にへたりこんだ。

俺はあの人が好きなんだ。

みっともなく膝をついて、伊崎はとうとう認めてしまった。

ぎゅっと握った拳で膝を叩く。

いつの間にか好きになっていた。

だからこんなに傷ついている。あの人が若いきれいな女性と親密に笑っているのを見ただけで、ずたずたに傷ついている。

伊崎はぐっと奥歯を嚙みしめた。

騙し打ちに遭ったようで腹が立つ。そんなつもりはまったくなかったのに。

「なんでだよ」

まったくタイプじゃないのに。

眠そうな顔つきも、のほほんとした言動も、ぜんぜん好きじゃないはずなのに。

それなのに、今も会いたくてたまらない。安原に寄りそうようにしていたきれいな彼女の横顔が目に浮かんでまた胸が苦しくなった。

恋人、なんだろうか。

あれだけ自分としょっちゅう会っていて？

女性の気配を感じたことなど一度もなかったのに。

別れた奥さん、という線はまずない。どう見ても彼女は二十代前半だった。

伊崎はのろのろ部屋に入って、上着も脱がずにリビングのソファに座り込んだ。まだ息が収まらない。壁掛けのワイドテレビに呆然とした顔の自分が映っている。頭の中では忙しく、いろんな可能性が検討されていた。会社の部下とか取引先の社員とか、でもすべてはあの親密そうな自撮りの様子で打ち砕かれる。

今にも軽いキスを交わしそうな距離感だった。まんざらでもなさそうな安原の照れた笑顔に打ちのめされる。

あんな顔、初めて見た。

恋人には…あんなふうに笑うんだ。

でもまだあれは恋人じゃないという可能性を探してしまう。

どうしても否定したい。

半分無意識にスマホを出して、トークアプリをタップしそうになった。彼からきた最後のトークを見たくなくて、ショートメッセージを選んだ。

安原友則、という名前を数秒見つめてから「今、なにしてる?」と文章を作り、どうせ返事なんかこないとすぐに消した。

俺には返信してくれない。

今「立て込んでる」から返事してくれない。

すっかり気を許したつき合いになっていたから忘れていたが、安原と出会ってまだ半年も経っていない。こんなにしょっちゅう会うようになったのは、ここ数ヵ月だ。彼のことを全部知った気で「女性の気配などなかった」と考えるほうがどうかしている。自分だってその少し前まで各務とつき合っていた。

　独身だ、とは言ったが恋人の有無は聞いていないし、そもそもそんな話はしたこともなかった。

　急に自暴自棄になって、伊崎は通話をタップした。コール音が何度も繰り返される。五回、六回、と数えているうちに頭の芯が痺れてきた。

　七回、八回、九回目で自動音声に切り替わった。

　おかけになった電話は現在お繋ぎできません。

　切って、またかける。お繋ぎできません。

　もう一度。

　なにやってるんだ、とはっと我に返り、伊崎は通話を切って、スマホを握ったまま前屈みになった。

　完全に呼吸は収まっていて、代わりに足が痛くなってきた。

　トークアプリを開き「ごめん、間違って何回も電話かけちゃったけど気にしないで」と送って、すぐ閉じた。

　今日はもう考えるのを止めよう。

　自分に言い聞かせ、スマホの電源を落とした。

　寝よう。

伊崎はふらっと立ち上がった。痛む足を引きずって寝室に向かう。

ベッドを目にして、彼を泊めたことを後悔した。

しばらく寝室のドアのところに佇んで、のろのろとコンフォーターの中にもぐりこんだ。ここで彼と一緒に眠ったのは、つい最近のことだったのに。

ぎゅっと目を閉じ、頭を強制的にからっぽにした。ぜんぶ明日だ。

考えるのは、明日にしよう。

7

断るつもりでいたパーティに顔を出したのは、断るほうが面倒だったからだ。

朝から小さな雨が降っていて、会場のガーデンレストランから見える中庭はしっとりした緑がライトアップされて美しかった。先週の寒波は去ったようだが、もしかしたら雪になるかもしれない。

最低限の挨拶をしたら帰ろうと思っていたが、新しいウェブメディアのキックオフで、見知った顔も多い。次々に声をかけられて足止めをくらった。

「巧」

起業セミナーに名前を出してくれないかと依頼を受けている最中に、聞き慣れた声が下の名前を呼び捨てにした。

「各務さん」

「久しぶりだな」

強引に割り込んできても、この業界の人間で彼に嫌な顔ができる者はほとんどいない。セミナー主催者も「これはどうも」と近寄ってくる各務に笑顔を向けた。

「最後に会ったのっていつだったかな」

「去年のピッチイベント以来ですね」

答えながら、まだそのくらいしか経っていなかったのか、と意外だった。もっと昔のような気がしていた。あのときは各務がいることに過剰反応して、今思えばおかしいくらい動揺した。

今日も各務がいることはもちろんわかっていたし、帰る前にはこちらから一言挨拶しようとも思っていた。ただそれだけだ。各務がちらっと伊崎の服をチェックした。服は好きなので気が向けばかなり頑張るが、今日は気が乗らなかったのでただのビジネスモードだ。各務のほうは珍しくハイブランドのスーツでオーソドックスにまとめている。きっちり鍛えた体躯がひときわ引き立って、こういうスタイルも抜群に似合う。

本当にいい男だな、と各務を眺めながらごく普通の感想を抱き、「いい男だな」以上の感情が湧いてこなくなっている自分に改めて驚いていた。

「元気そうだな」

「ありがとうございます。各務さんも」

にこやかに応じたが、実際はあまり元気はなかった。

おまえはなにかあるとすぐ仕事に逃げるのよくない癖だぞ、と向居には軽く説教をくらっていたが、この数日、頼まれていた投資レポートの精査に集中してあまり寝ていなかった。交感神経が優位のままになっているので元気に見えるのかもしれない。

あの夜から半月経った。

一度だけ安原から電話があったが、伊崎はどうしても出ることができなかった。

彼を好きになっている。

はっきりとそう自覚して、うろたえていた。

まるで罠にかかったようで、なんでだよ、と自分に腹が立ってしかたがない。

人の好さそうな男と飲み友達になったと喜んで、無防備に自分の素を明け渡していた。本気で好きになるなんて、考えてもみなかった。

好みでもなんでもない男なのに。

恋人に自撮りをせがまれて喜ぶような男なのに。

目にしてすぐは恋人だということを否定したくてあれこれ考えたが、あの距離感、あの表情で恋人でなかったら逆に不思議だ。

安原の恋人が思いがけないほど若かったことにも、伊崎はなんだかがっかりしていた。それではあまりにわかりやすすぎる。カールした毛先やもこもこしたストールにうずめた顎もすべてがあまりに「女の子」だった。あんなになにもかもかけ離れていて話が合うんだろうか。

「そういえば各務さん、もうすぐお子さんが生まれるんですよね」

伊崎の横にいたセミナー主催者がおもねるように口を挟んだ。

「ええ、まあ」

珍しく各務が言葉を濁した。この業界にいて各務と伊崎の関係を知らない者はほとんどいないが、ゼロというわけでもない。

伊崎は澄まして持っていたグラスに口をつけた。

各務さん、お子さんが生まれるんだってよ、と耳にしたときのことを伊崎はあまりよく覚えていない。不意打ちで裏切られたような衝撃に、え、と驚いてからそのあとどうしたか記憶になかった。

各務が最初に結婚したときも、伊崎はかなりショックを受けた。

四十を過ぎるとさすがに周りもいろいろうるさくて、という各務の言い訳だけは覚えている。確か相手はヨガインストラクターとして成功している女性だった。一年も経たずに別れてしまったが、そのとき既婚ステータスの便利さに気づいたらしい。

二度目はブティックホテルを経営しているヨーロッパ人女性で、彼女とも一年ほどで離婚した。お互いの資産にはノータッチという婚前契約を交わしていたのだと聞き、そこからは彼が結婚しようがしまいが気にしなくなった。だから三度目の結婚相手について、伊崎はほとんど詮索していない。気づいたらまた結婚していた、という感じだ。

そもそも彼は複数の相手と同時進行で恋愛できる男だ。それをさんざん思い知らされている上で、伊崎はどうしようもなく各務に惹かれた。

ただ、子どもがいる人とはつき合えない。

そこだけは伊崎の中ではっきりしていた。

「楽しみですねえ。もう男の子か、女の子なのか、おわかりなんですか？」

セミナー主催者が作り笑いで無遠慮に話を続ける。

「最近はあえて訊かないって方もいらっしゃいますけど、各務さんは？」

「プライベートなことは表では話さないことにしているんですよ」

「あっ、これは失礼しました」

にこやかだがはっきり制されて、主催者が慌てた。

「おめでたいことなんですから、少しくらいいいじゃないですか」

伊崎は主催者を擁護した。各務がなにか言いかけたとき、スタッフが各務を探しにきた。スポンサーが呼んでいると聞いて、各務は仕方なさそうにうなずいた。

「じゃあ巧、また」

「はい。僕はこれで失礼しますので、ご挨拶できてよかったです」

ふと、各務と出会ったとき、自分はまだ学生だったな、と今さらなことを思い出した。だから安原の恋人がぎょっとするほど若かったとしても、別にそこまでおかしなことでもない。包容力のある年上の男に惹かれる若い女の子は多いだろうし、彼女の情熱はかつての自分を思えば理解できる。

手の届かない人をどうにかして振り向かせたくて、伊崎は懸命に追いかけた。

恋をするのはいつも「あんなふうになりたい」と思わせてくれる男。有能で、ハイセンスで、エネルギッシュな男だ。

生きる力に溢れた男だ。

息子を置いて逝ってしまった父親のことを、心の奥底でいつまでもいつまでも求めていたのかもしれない。

でも、そろそろ父親を追いかけるのはやめていいころだ。とっくにいい大人になっている。

こんなふうに自然に踏ん切りをつけさせてくれたのは安原だ。

彼を好きになって、断ち切ることができた。

「さようなら、各務さん」

ビジネスの場ではあまりふさわしくない別れぎわの挨拶に、行きかけていた各務が足を止めた。隣の主催者はなにも気づかず愛想笑いを浮かべてお辞儀している。伊崎も軽く頭を下げた。

各務はいっとき伊崎を見つめ、それから背を向けて去って行った。

ガーデンレストランの会場を出ると、外は霙になっていた。

雪になれない雨粒が中途半端にエントランスの石畳を濡らしている。待つほどもなく、呼んでもらっていたタクシーが滑り込んできた。

こんな夜に一人で家に帰る気になれず、伊崎は仲間のいる店に向かった。安原と知り合う前には週に一度は顔を出していた、伊崎にとってはホームのようなバーだ。

「あらぁ伊崎君。いらっしゃい」

マスターはオーナーのパートナーで、四十代のごつい男だ。学生時代ラグビーをしていたとかで、今でもがっちりしているが、性格はいたって温和だ。

見慣れた顔といつもの挨拶に、伊崎はほっと肩から力を抜いた。

「一人？」

「そう。一杯飲みたくて」

冷え込みのきつい夜で、客はボックスシートで話し込んでいる若い男のカップルだけだった。片方とは面識があるが、もう一人は初顔で、どうやら新しい恋人を連れてきたようだ。

誰かと賑やかにやって憂さ晴らしがしたかったが、さすがに割り込むわけにはいかなさそうだ。常連の誰かが来ないかな、と考えながらコートを脱いでいて、カウンターにグラスとつまみが出ているのが目に留まった。一人客がいたらしい。

「ちょうどよかった。タイミングばっちりじゃない？」

マスターが楽しげに言って、どういうこと？　と訊き返す前に、奥の手洗いから長身の男が出てきた。

「あ、向居」

「おう」

「なんだ、来てたのか」

驚いたが、向居のほうも目を丸くしている。

「おまえこそ。今日休みだろ？　どこかの帰りか？」

今日明日はお互いオフだ。向居のほうはざっくりしたタートルネックにデザイナーズデニムの休日ファッションだが、伊崎のほうはビジネストレンチを脱ぎかけていた。

「例のウェブメディアのキックオフ、大木さんに頼まれて顔出してた」

「あれ行ったのかよ。休み潰すほどのことでもないだろ？　断れよ」

向居が嫌そうに顔をしかめた。つい仕事を優先しがちな伊崎と違って、向居はオンオフの切り替えがきっちりしている。

「別に、仕事ってほどでもない。ちょっと挨拶してきただけだし」

言い訳しながらカウンターに並ぶと、マスターが熱いおしぼりを出してくれた。

「向居こそ、なんで一人？　南さんは？」

「急な出張。しょうがないから飲みに来た」

パートナーがいないと落ち着かず、行きつけの店に出かけるほど彼との関係は順調というわけだ。

「なんかあったのか？」

「ん？」

熱いおしぼりで冷えていた手をじんわり温めていると、向居が観察するようにこっちを見ていた。

「このごろまたワーカホリック発症してるだろ。まさかまた各務さんとヨリ戻したりしてないだろうな？」

「ないない」

伊崎は苦笑して向居の皿のナッツを勝手につまんだ。

「さっきキックオフパーティで会ったけど、それだけ。父親になる人とヨリ戻すわけないよ」

「えー、各務さんお子さんできるの？」

ボトルをセットしながらマスターが各務の名前を聞きつけて口を挟んできた。各務はこの店の常連ではないが、メディアにも顔を出すので界隈ではなにかと噂話の種になる存在だ。

「ああいう公私ともに派手な人って五十過ぎると急に保守的になるよね。若い奥さんに子ども産ませてさぁ」

やや皮肉なニュアンスに、「それはある」と向居が同意した。

「よくも悪くも変わるのよねえ」

変わったのは向居もだ。ずいぶん雰囲気が柔らかくなった。

伊崎は横目で向居を観察した。

以前は斜に構えたところがあって、皮肉な物言いをしがちだった。仕事は抜群にできるが、そのぶん相手に対するジャッジも容赦がなくて、メリットにならない人間だと判断すれば即座に切り捨てる。当然敵も多かった。

自分も人のことを言えた義理ではないが、向居の場合はあまりにドライで、そのうち足元を掬われるんじゃないかと友人として心配していた。が、どうやらそれは杞憂で終わりそうだ。好戦的なところはなりをひそめ、表面的だった人当たりのよさが本来のものになりつつある。

向居の内面はかなりナイーブだ。傷つきやすい自分を守ろうとして攻撃的になっていたのが、信頼できるパートナーを得て棘が必要なくなったのだろう。いいなあ、と素直に思う。

「そろそろ向居君の彼氏、紹介してよ。美形ちゃんなんでしょ？　会ってみたい」

マスターが今度は向居に水を向けた。

向居君って本当に丸くなったよね、と少し前にマスターもしみじみと呟いていた。向居を丸くした恋人にも当然興味があるだろう。

「まあ、そのうちね」

向居が歯切れの悪い返事でごまかした。

南は正真正銘のストレートだ。この店にはあからさまに出会いを目的にしてくる客はいないが、酒が入ると下品な話題で盛り上がることは少なくない。ストレートの恋人を面食らわせたくない、と向居が二の足を踏む気持ちは伊崎にもよくわかった。

「本当にあんた達ってノンケ好きよねー、昔から」

向居の逡巡(しゅんじゅん)している理由を察してマスターがビールを飲みながら笑った。

「さっきちょろっと聞いたけど、伊崎君が今仲良くしてる人もノンケなんでしょ？」

「安原さん？」

「居酒屋で知り合ったたって」

「でもあの人はそういうんじゃないですよ」

濃いめのウイスキーソーダを一口飲んで、伊崎はカウンターに頬杖(ほおづえ)をついた。

「つき合ってる人もいるみたいだし」

向居がえっ、と驚き、マスターは「あら、そうなの」と残念そうに瞬(まばた)きをした。

「安原さん、恋人がいるのか」

「女の子と一緒にいるとこ偶然見ちゃって」

「あら…」

「それ、本当に恋人なのか?」

向居は疑い深そうに眉をひそめている。

「腕絡めてツーショットの自撮りしてたよ」

「あの人が?」

「うん。彼女すごく若くてさ、ストールに顎埋めて、ケイトスペードのバッグひっかけて、肩のところで髪巻いてた」

「人違いじゃないのか?」

どこまでも疑っている向居に、その反応は失礼だろ、とおかしくなった。

「なんでそんな疑うんだよ」

「恋人がいるにしたって、なんかこう、イメージ違いすぎるだろ」

「そうでもなかった」

伊崎はナッツをかみ砕いた。

彼女と一緒にスマホの画面を見ていた安原はまんざらでもなさそうで、華奢な彼女と案外お似合いだった。

「俺は伊崎と安原さん、うまくいくもんだと思ってたけどな」

向居が呟くように言った。伊崎は頬杖をついたまま、長年の友を横目で見やった。

「あの人、男は無理な人だよ?」

「それ言ったら千裕だってそうだ」

「奇跡だって自分で言ってたくせに」

「まあそうだけどな…」

向居は喉の奥でうなった。

お互い異性愛者が好みなので、ストレートの男を口説くことには長けている。ベッドに誘うだけならそこそこ勝ち目があるが、本気で好きになってしまったら圧倒的に不利だということも身に染みていた。

「俺は、安原さんもおまえのこと気に入ってると思ったよ」

「それこそ飲み友達としてだろ」

「でも安原さんとうちに来たとき、いい感じだったけどな。波長が合うっていうか、二人でいるのが自然で、千裕もあんなに隙だらけって感じの伊崎さん初めて見たとかって言ってたし」

伊崎は手についたナッツのかけらを払った。

「それ以上言わないでくれる？　確かに俺はあの人のこといいなと思ってるよ。けど、こっちがそうでも向こうは無理じゃん？　こればっかりはしょうがないだろ」

飲み友達だと言い張るのも馬鹿らしくて、伊崎は正直な気持ちを白状してはあっとため息をついた。

「なんだよ」

向居とマスターが顔を見合わせている。

「いや、えらく簡単に認めるなと」

「ねえ。いいなと思ってる、とか伊崎君の発言とは思えない」

「だってさ、気がついたら好きになってたんだからしょうがねえじゃん」

言葉にしてしまうと変に気持ちが落ち着いた。

「あーあ」

伊崎は両手を頭の後ろで組んで天井を見上げた。今度こそ向居とマスターが目と目で驚きを共有し合っている。

「片想いも悪くないんじゃない？」

マスターが微笑(ほほえ)んだ。

「少なくとも、今の伊崎君、僕は好きだよ」

「今の伊崎君、ってなに？」

「弱み見せちゃえる伊崎君」

「闘争心のない伊崎」

「なにそれ」

交互に言われて一応嫌そうな顔をしてみせたが、ニュアンスはわかる。

「向居君もね」

マスターがふふっと笑った。

「俺？」

「そう」

本当に、向居はずいぶん雰囲気が柔らかくなった。南という健やかな恋人といることで満たされているからだ。同じように、自分も安原に影響されているだろうなと思う。

片想いでも、まあいいか。

伊崎は照れくさそうな顔をしている向居をつまみにウイスキーソーダを飲んだ。

恋人になれないのは残念だが、もうしばらくは近所の飲み友達というポジションでいいことにしよう。好きな人の影響を受けて長年の友人知人に「いい感じになった」と評されるのは悪くない。

そばにいることも辛くなったら、またそのときに考えればいい。

8

帰りのタクシーの中で、伊崎は安原にトークアプリからメッセージを送った。

〈お久しぶりです。近いうちにまた飲みに行きませんか〉

たったそれだけの文面をつくるのに、信号をふたつ通過するだけの時間がかかった。

しょっちゅう会っていたのに、誘いを二回続けて断られてから、ひと月ほど間が開いている。一度電話をくれたのに、勝手に傷ついてスルーしてしまった。

仲違(なかたが)いしたわけではないし、ひと月くらい間が空(あ)くのは普通のことだ。そう言い聞かせてメッセージを送ると、すぐ既読(きどく)になった。

「え」

まさかこんなに早く反応してくれるとは思っていなかった。

〈ちょうど今、こっちから誘おうと思ってた〉

その上追いかけるように嬉しいメッセージが届いた。

〈今どこですか〉

〈電車の中　君は？〉

平日のこの時間なら、いつもはとっくに家に帰っているはずだ。彼の日常が変化していることを感じて、やはり胸が騒いだ。

〈こっちはタクシーで、今から帰るところです〉

明日はどうですか、と送る前にまた向こうからきた。

〈どうしてるかなと思ってたから、連絡くれてよかった。またたぬきで〉

切り上げる文面に、急いで了解のスタンプだけ返した。

ちゃんと約束はできなかったが、安原の様子は以前となにも変わっていない。よかった、と伊崎はほっとしてスマホの画面を指でなぞった。

少なくとも、また一緒に飲みたいと思ってくれている。

安堵がじわじわと喜びに変わる。

シートに背を預け、伊崎はスマホの画面をしみじみと眺めた。

ああ、好きになってるんだな。

たったこれだけのやりとりが、こんなにも嬉しい。

自覚するたび確信になり、確信は心の深いところに根付いていく。

駅前のロータリーで車を下りて、伊崎はマンションに直結している駅ビルのエレベーターで改札階に向かった。もう店舗は軒並み(のきなみ)シャッターを下ろしている。

あとでもう一度トークを送ってみようか、それとも明日にしたほうがいいか…とあれこれ考えながらエレベーターで十一階まで上がり、エレベーターホールから内廊下に曲がったところで伊崎はぎくっと足を止めた。自分の部屋の前に人がいる。

「——巧(たくみ)」

「え?」

一瞬、目を疑った。

キックオフパーティで会ったばかりの各務(かがみ)だ。

「なに、してるんですか…?」

驚きで声が上ずった。

「待ってた」

「な、なんで」

各部屋の前にはアプローチがついていて、各務はそのアプローチの門扉(もんぴ)によりかかるようにして両腕を組んでいた。パーティで会ったときと同じスーツ姿で、ロングコートを着ている。

内廊下は音が響かない設計にはなっているが、声を張り上げてしまいそうになり、慌ててトーンを落とした。

「どうしたんですか」

「荷物を取りにきた」

酔っているのかと思いかけたが、受け答えはいつもと変わらない。伊崎はひとまずセンサーに指をタッチして開錠(かいじょう)した。

「俺の認証、登録消去したんだな」

「ええ」

キーも使えるが、伊崎は指紋認証を使っている。一時期、各務のぶんも登録していた。

「エントランスはどうやって?」

「ちょうど人が帰って来たから一緒に入った」

歓迎できないやり方だし、どうして何も言わずに突然来たのか、疑問でしかない。それでも廊下で揉めるわけにはいかず、伊崎はしかたなく各務を中に入れた。

「コーヒーくらい出しますけど」

あくまでも別れた男だ。言外に早く帰ってほしいと伝えると、各務が眉を上げた。気に入らないことがあったときの癖だ。

「それと、荷物って置いてた服とかですよね？　申し訳ないんですが、もう処分してしまいました。すみません、勝手に」

各務は少しの間無言だった。

「今は誰と？」

各務が声を落とした。純粋な好奇心と、わずかな疑念が目に浮かんでいる。

伊崎がつき合うのは業界内の有名人ばかりだ。自分を切るなら他に男がいるはずだが、そんな噂は流れていないのを不思議に思っているのだろう。

「誰もいませんよ、残念ながら」

彼に別れを切り出したのは別にこれが初めてではない。他にいいなと思う男が現れたときには各務との関係は清算した。

各務はとくに引き留めたりしなかったし、伊崎も心の奥底ではまた戻ってしまうだろうなと予感していた。でも今度は違う。

「じゃあなんで」

「前にも言いましたけど、子どものいる人とはつき合えないんです」

「気が早いな。まだ俺は子持ちじゃないぞ」

「それ、奥さんの前で言えます？」

軽い調子に合わせながら、伊崎は目で拒否をした。各務はまだ探るような目つきをしている。他に男ができたわけでもないのに別れを口にするのか、と疑っている。伊崎は目を逸らした。

好きな男はいるが、彼とは友達以上の関係にはなれない。

あの人は異性愛者だし、若くてきれいな恋人もいる。自分の気持ちに応えてくれることはきっとない。

それでも、各務のところに戻ることはもう二度とないのだとわかっていた。

決心しているわけでもなく、努力しているわけでもなく、ただ自然に終わっていた。

巧、と各務の唇が動いた。甘い、懐柔するような呼び方に全身がぞくっと反応しそうになった。――彼にそうやって名前を呼び捨てにしてもらうために、伊崎はかつてありとあらゆる努力をした。

各務は伊崎にとっての目標だった。

彼の目に留まるだけの実績、彼に相手にしてもらえるだけの知識と能力、彼をその気にさせるだけの性的魅力。歴代の恋人をリサーチして各務の好みや行動を精査した。

それは本当に恋だったのか。

今となってはよくわからない。

「俺はファザコンだから、子どもを大事にしない人には醒めるんですよ」

言い終わらないうちに、腕をつかんで引き寄せられた。

「各務さん」

「それなら最後に一回、いいだろ?」

強い力で抱き寄せられ、露悪的な声で囁かれた。欲望ではなく怒りが彼にそうさせている。

「長いつき合いなんだし」

突き放そうとしたが、逆に抱え込まれた。思い切り振り払っても振りほどけない。

無言で揉み合い、身体があちこちにぶつかった。

キスしてくる唇から顔をそむけると、足がもつれる。身体を泳がせるように逃げた先はドアを開けっ放しにしていた寝室だった。

しまった、と慌てたが、うしろから各務が大股で追ってくる。

がっと肩を摑まれた。痛い。本気だ。

「各務さん」

まあいいか、と伊崎は頭の半分で諦めた。抵抗するほどのことでもない。痛い思いをするよりちょっと我慢したほうが楽だ。数えきれないほど肌を重ねた相手だし、彼の言うとおり、あと一回くらい――

突き飛ばされて、伊崎は仰向けでベッドに倒れ込んだ。

彼はただプライドを傷つけられて腹を立てているだけだ。このまま拒絶してもあとが面倒だ、と保身が頭を過ぎった。

今さら一回や二回、別に減るものでもないし。

そう言い聞かせているのに、心が拒絶する。絶対に嫌だと激しく抵抗する。

見下ろしてくる各務の視線が不快で投げやりに横を向き、はっとした。スマホがポケットから飛び出している。着信して振動し、シーツの中に滑り込んだ。

「――あ」

反射的に触れると、『もしもし？』と安原の声がした。伊崎は夢中でスマホをつかんで身体を反転させた。

「安原さん…っ、たっ…」

『伊崎君？』

「あ、なっ…」

助けて、と言いそうになって、彼を面倒に巻き込むわけにいかない、ととっさに止めた。

なんでもない、と取り繕おうとしたが、その前にスマホを取り上げられた。

「各務さん」

乱暴に通話を切り、それから各務はふっと我に返ったように伊崎のほうを見た。興奮で息を切らしていたのがどんどん醒めていくのがわかる。

「返してください」

手を差し出すと、各務は白けた顔でスマホを返してよこした。伊崎はスマホを摑んで各務に背を向けた。

「――悪かった」

ややして、各務がぽつりと謝った。

「拒否されて意地になった。最後の最後でこんなこと…」

伊崎はのろのろ身体を起こし、愕然(がくぜん)としている各務を見やった。

急に力が抜けたように、各務は伊崎から少し間をあけてベッドに座った。

「――ひでえな。レイプしようとしたのか、俺」

ふーっと息をつき、各務は前屈(まえかが)みになって両手で髪をかきあげた。

「本気じゃなかったでしょう」

「いや――どうかな。最悪だ。くそ」

ごめんな、ともう一度謝り、各務はしばらく黙り込んだ。こんな各務は初めてで、伊崎も少なからず動揺していた。スマホがまた振動したが、伊崎は反射的に電源を切った。

前屈みになったまま、各務が伊崎のほうを見た。

「長かったよな、俺たち」

「…俺の父親、三十九のときに亡くなったんですよ」

自分でも、なぜ急にそんなことを口にしたのかよくわからなかった。各務も戸惑ったように眉をあげた。

「前に聞いたことあるな」

「出会った頃の各務さん、そのくらいですよね。俺がファザコンなのも知ってるでしょ」

各務がふっと笑った。

「巧と初めて会ったとき、父より格好いい人探してるんですって言ってたな」

「えっ、俺そんなこと言いました?」

「言ってたよ」

それはぜんぜん覚えていない。さすがに恥ずかしい。

「——俺は、本当にあなたに憧れてました」

失った父親の幻影を各務の上に見つけていた。

話術に優れ、快活で、男らしい魅力にあふれた各務は、伊崎の求めていたものをすべて持っていた。

心からあんなふうになりたい、と思わせてくれた。

「なのに最後になにしてんだって感じだな」

各務が苦笑いして立ち上がった。

「せっかく憧れてもらってたのに、幻滅させて悪かった」

「いえ」

伊崎もベッドから下りた。

「感謝してます」

各務はしばらく伊崎を見つめた。

自分が求めていた理想の父は幻想だったのだと思う。

ただの幻想に長い間恋をして一人で苦しんでいた。

「いい父親になってください。——俺には絶対できないことなので」

各務の瞳が複雑に揺れた。

彼には彼の、伊崎の知らない葛藤がある。

「帰るよ」

下まで送ります、と一緒に部屋を出て、エレベーターに乗り込んだ。最後にちゃんと見送りをしたかった。

下降していく箱の中で、各務も伊崎も無言だった。別れたりよりを戻したり、修羅場もあったし蜜月もあった。それなのに、今となっては交わす言葉もない。本当に、終わった。

「それじゃ。またすぐどこかで会うだろうけど、——元気で」

「はい」

こんなふうに二人きりで会うことは、きっともうない。

改札前のコンコースは終電が近く、人が増えていた。

各務は人の流れの間を縫って、エスカレーターでタクシー乗り場のほうに消えて行った。

「伊崎君！」

「――え？」

さっぱりした気分で引き返そうとしたとき、聞き覚えのある声が耳を打った。はっとして見ると、コンコースを突っ切って安原がこっちに向かって走ってくるところだった。

「安原さん」

さっき変なタイミングで通話を切ってしまったので、なんでもないとメッセージを送ろうと思っていた。安原の全力疾走の勢いに、周囲の人が驚いて避けている。

「伊崎君！」

安原ははあはあ息を切らしながら伊崎の腕をがっと摑んだ。

こんなにも心配してくれているとは思わなかった。

「大丈夫か？」

「はい、すっ、すみません、あのっ…」

久しぶりに見る彼の姿に、いきなりかーっと頭の中が熱くなり、言葉が出てこなくなった。

「どうした？」

安原が顔色を変えて伊崎の顔を覗き込んできた。

「あ、あの、なにもないです、大丈夫です」

「大丈夫なわけがないだろ！」

安原が大声を出した。

「家には？　誰かいる？」

「いえっ、誰も…」

通りかかった人が不審げな視線を向けてくる。

「じゃ、ちょっと家に入ろう」

安原にしてみれば、電話の向こうで明らかに揉めている気配があり、いきなり通話が切れ、電源が落ちた。トラブルに巻き込まれたのだと判断して当然だ。

エレベーターを待つ間も、エレベーターに乗っている間も、安原は伊崎を守るように腕をしっかり摑んで離さなかった。無言で階数表示の数字を睨んでいる横顔に動悸がおさまらない。

マンションの部屋に入ると、安原はさっと部屋の中を観察した。

さっき揉み合いになったとき、ソファテーブルがずれ、ラグマットが大きくまくれた。寝室のドアは開きっぱなしになっている。

「なにがあった？　ちゃんと話してくれ」

冷蔵庫からミネラルウォーターのボトルを探し出し、安原はソファに座った伊崎のところに

戻ってきた。見たこともない厳しい表情に伊崎は竦んだ。

「本当に――」

「俺がどれだけ心配したかわかってるのか！」

いきなり怒鳴りつけられ、ボトルを取り落としそうになった。

「悪い」

安原がはっとして声のトーンを落とした。

「君に万一のことがあったらと思ったら気が気じゃなかった。危ない目に遭ったんだろ？ちゃんと話してくれ。俺にできることはなんでもするから」

「あの」

聞き洩らすまいというように、安原は伊崎の前にひざをついて息を詰めている。

「あの……」

こんなにも心配してくれている。

迷惑をかけてしまったという申し訳なさと、好きな人に心配してもらうことの甘美さに、ほとんど負けそうになった。目の奥に熱が溜まったようになって、伊崎は首を振った。

「大丈夫、なんです」

俺にできることならなんでもする――してほしいことは、本当はたくさんある。ただ、それを頼むことはできない。

抱きしめてほしいとか、キスしてほしいとか。

「別れた人が、荷物を取りに来て、――その、ちょっとだけ行き違いがあったんですけどそれだけです。本当に、それだけなんで」

「じゃあどうして君はそんな泣きそうになってるんだ?」

安原の眸(ひとみ)に力がこもった。

「平気じゃないだろ? どうしても話したくないんなら話さなくてもいい。その代わり今日は俺のところに来てくれ。絶対君を一人にしておけない」

真剣な声に、伊崎は息を止めた。

ここまで心配させておいてごまかすのは、あまりに卑怯(ひきょう)だ。

全力でコンコースを走ってきた安原の姿が脳裏をよぎり、守るように腕を掴んできた手の感触がまだ残っている。

「伊崎君…」

「俺は、あなたが好きなんです」

なにか言いかけた安原を遮(さえぎ)って、伊崎は一息に打ち明けた。

声が震えてしまうのは、どうすることもできなかった。安原が虚(きょ)を突かれたように目を見開いた。

「好きだから、好きな人に心配されて嬉しくて、そ、それで、泣きそうになってるんです。それだけです」

「——えっ?」

こんなふうに打ち明けるつもりはなかった。恥ずかしい。でももう黙っているのが限界で、伊崎は前屈みになって両手で顔を覆い、心の中をそのままぶつけた。

「各務さんのことは、本当にもう大丈夫なんです。ただ…あなたにこんなに心配してもらえたことが、申し訳ないけど嬉しくて。……いつからなのか、気がついたら、あなたのことがすきにな、ってました。だから、タイプじゃないとか言ったのすごく後悔して——そんなの関係なく、無理なのはわ、わかってるけど、あなたにはつき合ってる人もいるんだろうし」

だんだん自分がなにを言っているのかもわからなくなってきた。安原は無言で、混乱しているのがありありと伝わってくる。後悔しそうになったが、今さらどうしようもない。覚悟を決めて、伊崎は顔を上げた。

安原は伊崎を凝視して、喉をごくりと大きく動かした。

「すみません、心配して来てくれたのに。本当に…」

「いや…」

安原が絶句している。

「ちょっと、ちょっと待ってくれ」

ふうっと息をついて、安原はソファに座り直した。

「本当に、大丈夫なんだな？」

安原がまくれたラグに目をやった。

「はい。一瞬だけ感情的になっちゃって、そのときにタイミング悪くあなたから電話かかってきて驚かせてしまったんですけど、そのあとちゃんと話をして終わりましたし、彼は分別のある人だから」

「そうか」

ひとまずそれには納得し、安原はもう一度大きく息をついた。

驚いてはいるが、嫌悪はない。横目でそれだけ確認して、次にじわじわ恥ずかしくなった。

「あの。安原さんが嫌じゃなかったら、これからも飲み友達でいたい。それはだめですか…？」

「だめなわけないだろ」

安原がかぶせ気味に答えた。

「娘が一時帰国してて、なんだかんだ振り回されてこのところ君に会えなかっただろ。だから…」

「娘？」

伊崎はぎょっと顔をあげた。

「娘、って？」

「話してなかったか？　俺は娘がいるんだ。カナダに留学してるんだけど、成人式で一時帰国するつもりが滞在が長引いて…」

「ちょっと待って、成人式?」

次々に明かされる新情報に頭がなかなかついていかない。

「二十歳(はたち)のほうな。今は十八だろ? 自治体によっていろいろ違うらしいけど、ややこしいよな」

安原のほうはかなり整理がついたらしく、いつもの調子に戻っていた。

「え…、は、二十歳?」

たぬきの前で腕を絡めて自撮りしていた——あの距離感ならぜったいに恋人だと思い込んでいた。でも、娘ならありうる——のかもしれない。

「離婚したのは聞いてましたけど、でもまさかそんな大きな娘さんがいるって、知らなかった」

「学生結婚したんだよ」

安原が簡単に説明した。

「俺は地味な男だし、ずっと男子校だったからそういうことには縁がなかったんだけど、なぜか彼女とは気が合って——今気が付いたけど、君と彼女はちょっと似てるよ。それでまあ、ありていに言って、避妊に失敗した」

「——」

「彼女の実家のバックアップで子育てしてたけどいろいろあって、娘が三歳のときに離婚になった。彼女は俺なんかよりよっぽど優秀な人で、留学を控えてた時期に妊娠させて、俺がチャンスを潰したんだよな」

安原が少し黙り込んだ。

若いころの安原を想像しようとしたが、あまりうまくいかなかった。

「今は…？」

「彼女？」

「ええ」

「その離婚した年に娘を連れて留学して、今は政府機関のラボで研究員やってるよ。本当に優秀で、パワフルな人なんだ」

言葉に敬意がこもっていて、きっとたくさんのぶつかり合いもあったはずだが、紆余曲折(うよきょくせつ)のはてにきちんと着地したんだな、と自然に理解できた。娘との関係性からも、安原が誠実に支えてきたのであろうこともわかる。

「あの。変なこと訊くんですけど、娘さんとたぬき行ったりしました？」

「たぬき？　ああ」

きっとそうだと確信していたが、答え合わせがしたくなった。安原がなぜ知ってるんだ、というようにうなずいた。

「俺、見かけた…かも。店の前で、自撮りしてませんでしたか？」

「あー、したな。お父さんの行きつけの店に行ってみたいって言うから連れてったのに、もっとお洒落（しゃれ）なバーがよかったとか言われたよ」

安原がぼやいた。

「でも仲よさそうだった」

「まあ、普段離れてるから。なんだ、いたなら声かけてくれればよかったのに」

伊崎が恋人と勘違いした可能性については、思い及ばないらしい。

「ちょっと前通りかかっただけだし、人違いかなと思って…だって娘さんがいるなんて知らなかったし」

「そうか」

いつの間にか、普段の会話になっていて、伊崎はそれが嬉しかった。

「写真見る？」

「娘さんの？」

「これな」

スマホで見せてくれたのは成人式で撮ったらしい振袖（ふりそで）姿とどこかのパーティでの袴（はかま）姿で、たぬきで自撮りした写真は暗いこともあってずいぶんぶれていた。それでも仲よさそうに笑い合っているのを見て、伊崎は一人でじたばた悩んでいた自分に内心で赤面した。

「娘さん、きれいですね」

「まあ、そうかな。彼女のほうに似てくれてよかったよ」

安原が実感のこもった声で呟いた。

「そんなことないですよ。安原さんもよく見たら男前です」

「よく見たらって、なんだよ」

安原がおかしそうに伊崎のほうを見た。

「好きになったから、そう見えるのかもしれない」

もう告白してしまったから今さらだ。伊崎が普通に言うと、安原は珍しく困ったように目を逸らした。

「君はやっぱり俺の元妻に似てるよ。ものすごいエネルギーで、気が付いたら巻き込まれてる」

元妻と比べられても、不思議に嫌な感じはしなかった。むしろ今も彼が敬意を払っている女性と同じ立ち位置にいられることが誇らしい。

「伊崎君」

「はい？」

娘の名前は「栞」らしい。安原のスマホを手に取って、「栞」とフォルダ分けされた写真を眺めていると、安原が珍しくためらうように「あのな」と話し出した。

「俺は離婚したあと、たいして縁があるわけでもなかったけど、それでも何回かちょっと親しくなりかけた女性もいて、でも娘の存在が頭にあって無意識にブレーキかけるとこがあったんだ」

安原さんらしいな、と伊崎は微笑んだ。

好きになってしまったという自分の告白に対しても、同じ理由で断ろうとしているのだと察し、静かな気持ちで受け入れた。無理なことは最初から承知だ。

「でも君といると、どうにもブレーキが効かなくなって困る」

ぼやくような言い方がおかしくて、つい笑った。

次に、あれ？　と顔を上げた。

ブレーキが、効かない……？

安原も自分の気持ちを確かめるように少し黙り込んだ。

「娘に振り回されてて、ここしばらく君に会えなかっただろ。ちょうど仕事も忙しかったから仕方ないのに、なんとか顔だけでも見たいなとか思ってたんだよな、俺」

いつもの淡々とした話しかただが、伊崎は完全に固まっていた。

「あの」

こっちを見ている安原とまともに目が合い、伊崎はいきなりこめかみが脈打ちだしたのに慌てた。耳が熱い。背中にじわっと汗がにじむ。

安原がほんの少し目を眇めた。

「あの…」

「いつもつんと澄ましてる君が、そんなふうになってると……こう…」

たぶん真っ赤になっている。恥ずかしい。とっさに顔をそむけたが、その前に制された。思いがけない強い力にどきっとする。

「――」

至近距離で見つめ合い、心臓が爆発しそうになった。彼も思わずそうしてしまっただけらしく、はっとしたように動きを止めた。

「――安原さ……」

「悪い」

半分のしかかるようになっていた安原が身体を起こし、伊崎もどぎまぎしながら座り直した。でもまだ心臓が怖いくらいに早く強く打っている。

「俺は、ファザコンなんですよね」

なにか話さないと、と焦った。

「ファザコン…？」

唐突に言われて安原が戸惑っている。

「早くに父を亡くしてるので」

なんでもいいから話を繋がないと場が持たない。それだけのつもりだった。

「いつ？」

「十歳のときです」

「そうなのか」

労わるような声に、ふっと心がほどけた。

「記憶の中で美化されてるとこもあると思うんですけど、理想の父親がいつも頭の中にあって、だからいつでも背伸びしないと無理、頑張らないと手に入らない、って男ばっかり追いかけてました。そういう人を見つけたら、仕事の成果を上げる感覚で、どうやって陥落させようか計画練る、みたいな……でも安原さんは気が付いたら好きになってて、そういうのは初めてで、だから混乱してしまって――」

一緒に食べたり飲んだり遊んだり、くだらないことを延々としゃべる。そんなことをするのが楽しい。ただただ一緒にいるだけで安心して嬉しい。そんな恋はしたことがなかった。

ああ、そうか。

並んで座って、こうして話をするだけでも満たされる――自分が本当に求めていたのはこういうことだ。

「でも俺は君のタイプじゃないんだよな？」

安原が素朴に尋ねた。

もしかして――と期待が高まる。

「それ言うならあなたはストレートでしょう？」

「そう思ってた」

なにを考えて過去形にしたのか、駆け引きめいた会話だが、会話の相手は安原で、彼はただ事実を口にしているだけだ。

黙り込んでしまった男が今なにを考えているのか、伊崎は期待を込めて予想した。

「性欲を伴わない恋愛というのもあるみたいですけどね」

そろっと水を向けると、「そうなのか？」と安原が不思議そうに首をかしげた。

「俺は違いますけど」

「俺も違うな」

きっぱりした返事に、期待と欲望がこみあげてくる。

「――できます？」

心臓がどきどきうるさい。

「わからない」

正直な返事に、伊崎は笑った。

自分たちらしい方向に向かっている、という感覚があった。

「もしセックスがうまくいかなくても、今まで通りでいられると思います？」

それが唯一の心配ごとだ。

「もちろん」

即答に、心が晴れた。

「じゃあ、――試してみたい」

視線に熱がこもり、安原が決心したように手を伸ばしてきた。

頬に指が添えられて、ごく自然に顔を近づけて口づけを交わした。

唇が触れ、じっくりと合わさる。

吐息を残して離れて行く唇に、あ、うまくいくな、と確信した。

この人とならうまくいく。

9

安原のあとからシャワーを使い、少し迷って、伊崎はハイゲージニットのジョガーパンツだけを穿いた。

緊張しているが、今は不安より期待のほうがずっと大きい。

安原はバスタオルを腰に巻いただけの恰好でベッドに寝そべり、スポーツニュースを見ていた。

「お」

頭の後ろで腕を組んでいた安原が身体を起こした。スレンダーに絞った身体つきより、伊崎は安原のような適度に肉のついた体格のほうが好きだ。ごく自然な男の色気を感じる。急に動悸が激しくなって、伊崎はあわてて目を逸らした。

「お、ってなに」

内心の動揺を気取られないように髪をタオルで拭きながら、ぽんとベッドの上に腰かける。

この人がどんなセックスをするのか、……まったく想像できない。想像はしたけど。

厚みのある身体に押しつぶされて激しく奪われたい。後ろから突きこまれるのもいいし、騎乗位で咥え込むのもいい…淫らな妄想は、しょせん妄想だ。

「電気、消してもいいですか」

ストレートの男に視覚で萎えさせたくない。

「いいけど」

スマートスピーカーが伊崎の言葉に反応して照明を落とした。テレビの青白い灯りだけになって、伊崎はほっとした。

「ちょっと残念だな」

安原が身体を寄せてくる。またどきどきして、伊崎はタオルのはしを無意識にぎゅっと握った。

「残念って、なにが?」

「どんな模様なのかと思ってたから」

「模様？」

「内腿(うちもも)に」

なんのことだろう、と一瞬わからなかった。内腿に入れたタトゥのことだ。裸で大きく足を広げないと見えない位置にある……

「あ」

体重をかけてのしかかられて、伊崎は慌てた。まさか向こうから仕掛けてくるとは思わなかった。

「──、ん……」

唇をふさがれ、ゆっくり入ってくる舌を迎え入れる。心臓がどくどくいっているのがわかった。自分の鼓動と彼の鼓動が重なり合っている。

期待していた以上にすんなりとことが進んでびっくりしたが、なにより彼にリードされていることに伊崎は驚いていた。

「安原、さ……」

「ん？」

きっと及び腰になっているであろう彼をちゃんとその気にさせられるか、伊崎はそればかり考えていた。

セックスがうまくいかなくても、きっと今まで通りでいられる。でもできれば彼と性行為も愉しめる関係になりたかった。

今までの経験で培った技巧をフル活用して、彼を満足させられたら上出来。彼がまたしてもいい、と思ってくれるかどうか――もっといえば自分にちゃんと欲情してもらえるのか、その心配ばかりしていた。

「――ん……」

大きな手のひらが、味わうように肌を撫でる。彼のほうから求めてくれるのがどうしようもなく嬉しかった。

「う……ん……」

何度も角度を変えてキスをして、そのたび舌が大胆になっていく。

奪うような激しさはなく、でももっと深いところから求めてくれているような口づけに、伊崎はいつの間にか夢中になっていた。

「は――」

呼吸が苦しくなって、唇が離れた。でもまだ足りなくて、伊崎は安原の背中に回していた腕に力をこめた。

頑丈そうな身体つきなのは知っていたが、こんなに背中が広くて、肌が滑らかなのは知らなかった。

みっちりとした身体に圧し潰されてしまいそうで、くらくらする。ボトムをぐいっとおろされ、あ、と思ったときには全裸にされていた。

彼の欲望を直に感じ、息が速くなる。

「やっぱり、きれいな人だな…」

安原が少し身体を引いて呟いた。甘い、恋人の声だ。

好きな人と肌を合わせている幸福感に、伊崎はもう少しで泣きそうになった。

「安原さん、…すき」

妙に幼い口調になってしまった。安原が照れくさそうに笑ってキスしてくれた。

「好き」

「はは」

「なんで笑うの」

「いや…」

拗ねたふりをしてみせたが、この人でもやっぱり照れたりするんだ、と新鮮な気持ちで伊崎も笑った。

安原がふと顔つきを変えた。

「俺も、君が好きだ」

てらいのない素朴な言葉が胸を撃ち抜いた。伊崎は腕を伸ばして首にしがみついた。

「フェラしていい?」

遠慮する必要を感じない。この人の前ではなにも取り繕わなくていい。

「…してくれるの」

「したい」

手の中に収まりきらないほどの大きさに、うずうずしていた。

身体を押し返して安原を仰向けにさせると、かがみこんでゆっくりと先端に唇を触れさせた。

ソフトタッチから徐々に唇の内側を使って愛撫する。

「――」

彼が息を呑むのが分かった。まだ半分くらいだったのがみるみる力を持ち、育っていく。気持ちいいんだ、と嬉しくなった。

興奮より多幸感のほうが上回っている。他の男としていたときのような、挑発や煽情や擬態、そんなものがなにもない。

「安原さん…」

「ん？」

大きな手が耳のあたりを優しく撫でて、うっとりした。

彼の好きなやりかたを早く覚えたい。もっと喜ばせたいし、気持ちよくしてあげたい。

裏側の敏感な粘膜を、舌先でねぶる。

彼の反応を見ながら指での刺激に強弱をつけた。

安原の呼吸がだんだん速くなり、腹筋が収縮する。髪を撫でてくれる指に情感がこもってい
て、伊崎は思い切って深く彼を呑み込んだ。

大きい。完全に勃起してしまうと全部を呑み込むのはとても無理だ。

「――ん、うぅ…っ」

「もういいよ」

歯を当ててしまわないようにするのが精一杯で、それでもできるだけ深く咥えようと苦心し
ているると、安原が苦笑ぎみに中断させた。

「ごめん、でも安原さん大っきいから…」

顔を上げると、安原の照れくさそうな目と視線が合った。

「ちゃんと勃起してる」

隆々としたものに軽くキスをすると、安原が「そりゃするよ」と苦笑いした。

「だって、無理かもって思ってたから」

「そんなわけないだろ」

「できるかどうかわからないって言ったじゃないですか」

「万が一ってことはあるだろ? 研究員の習い性だ。百パーセントはよほどじゃないと言い切
れないって、つい考える」

安原の照れくさそうな顔が好きだ。伊崎も目を細めてふふっと笑った。

「君に好きだって言われるまで、はっきり自覚できてなかったしな…」

言いながら顔が近づいてくる。軽く唇を触れ合わせてから、伊崎が口を開けるのを待って舌が入ってくる。彼のキスの仕方がわかった。ゆったりしていて、心地いい。

「——あ……」

いつの間にかまた覆いかぶさられ、自然に両足を開かされた。

「見ても、いい…？」

「ん、うん——」

内腿に入れたタトゥはかなりぎりぎりのところにあって、萎えたりしないか一瞬不安になった。

「どこ？」

「右の、ここに」

テレビの青白い灯りの中で開脚させられて、今さら羞恥がこみあげた。伊崎は完全脱毛している。身だしなみくらいの感覚だが、変に思われないか不安だった。

「あ、あんまり見ないで」

「蝶？」

「そう」

さんざんいろんな男を挑発してきたのに、彼の前ではひたすら恥ずかしい。

安原が指先でタトゥを撫でた。とたんにぞくっと総毛立った。

「――脱毛してるのは知ってたけど…」

無毛の股間で濡れて屹立しているものを手のひらで触り、感触を楽しんでいる。痺れるような快感に、伊崎はぎゅっと目をつぶった。たったこれだけの接触でおかしいくらいに感じる。心臓がうるさい。こみかみがどくどく脈打っている。

羞恥と興奮が混ざり合い、伊崎は甘く喘いだ。

「伊崎君…」

安原もつられたようにわずかに声を上ずらせた。握り込まれ、声が洩れた。

「あ、…っ待って」

とろとろになっていて、ちょっとの刺激にも耐えられそうになかった。

「伊崎君」

「――み…、」

名前を呼んでほしい。

「うん？」

「たくみ…、巧。俺の名前」

「――巧」

呼んで欲しくて教えたのに、名前を囁かれただけで全身が震えるほど感じた。

「安原さん」

この人がいい。この人と交わりたい。深く、強く、交わりたい。

伊崎は手を伸ばして安原に縋(すが)りついた。

「好き」

こんなに純粋に誰かを求めたのはこれが初めてだ。

抱きすくめられてまたキスから始めた。唇と舌で気持ちを確かめ合い、抱きしめ合った。

「あなたに入れてほしいんだけど、…できる?」

シャワーしたときに受け入れられるように準備はしていた。実際のところ、彼がどういう行為を想定しているのか伊崎には確かめるすべがなかった。

「ここに」

思い切って彼の手をとって導くと、安原の喉(のど)がごくりと動いた。どうやらちゃんとわかっている。

ほっとすると、同時にそこが疼(うず)いた。口いっぱいになったあの大きさを思い出して身体が勝手に期待している。

「コンドームは?　つけるんだよな?」

安原の声が性急になった。

サイドテーブルの抽斗(ひきだし)から必要なものを出すと、安原はすぐ理解してジェルのボトルを手に取った。

「——」

「痛くない?」

試すようにぬるっとした感触が中を探る。彼の指だ、と思うとぞくりとした。

「うん、大丈夫…」

もし痛くても、問題ない。彼になら痛くされたい。

何度か指を往復させて、大丈夫そうだと思ったらしく、安原がコンドームを取った。

「……んッ、——」

腰が浮き上がるほど足を抱え上げられ、あ、と思ったときに押し入ってきた。

「あ、あ——」

力強い動きに息が止まりそうになった。久しぶりの行為で固く閉じていたところを開かされる。

「ごめんな、俺ここ使うセックスってしたことないから加減がわからん。痛くない?」

「ん、うん、…っ、あ、あ——……」

痛いのがいい。すごくいい。熱い塊(かたまり)が一番奥まで届いて、伊崎は声もなく最初の絶頂に達した。あまりにあっけなく達してしまって、すぐにまた次がきた。

「待って、——」

なんとかやりすごしたが、射精しないままのオーガズムにこんなに早くたどり着いたのは初めてだ。

「今、イッたから、イッてるからまだ」

「え?」

息も絶え絶えに訴えたが、安原はよくわかっていない。

「中イキ――してる、今、あ、すごいよくて――ちょっと待って……」

そこまで言ってやっと止まってくれた。

「ごめ…、久しぶりだ、…ったから、……」

びくびく中が痙攣(けいれん)している。余韻(よいん)がすごくて声を出すのもやっとだった。

息が切れ、呼吸が苦しい。全身が熱くてたまらなかった。

「ごめんな?」

安原はやはりよくわかっていない。顔を覗き込むように前屈みになったせいでまた深く突きこまれる形になった。

「ッ、あ」

「ごめん」

「っ、あ、…も、すご…っ、う、…」

不意打ちに、必死で安原の背中にしがみついた。

「大丈夫か？」

「もう……──」

許して、と言ったつもりが声にならなかった。ぎゅっと目をつぶったらぽろぽろ涙がこぼれる。

「──巧」

情感のこもった声に、伊崎は目を開けた。ほろっと涙がこめかみにこぼれる。

「ごめんな」

きっと情けない顔になっている。耳も頬も熱い。安原がじっと見つめてきて、恥ずかしくて首を振った。

「巧、──」

安原が顔を寄せて来て、口づけられた。優しい唇の感触とは裏腹に、中に入っている彼は猛々(たけだけ)しく、相当我慢してくれているのがわかる。

痺れるような幸福感に快感が結びつき、伊崎は全身で安原にしがみついた。

「大丈夫か？」

自分で腰を揺すると、安原が慌てたように訊いた。熱のこもった声に、限界なのがわかる。

「──ん、うん……」

もうしっかり彼に馴染んでいる。

固く閉じていたところが蕩け、絡みつく。律動が快感を呼び起こし、安原が低く唸った。

「あ、――あぅ…っ、あ…」

力強い腰の動きにあっという前に呑み込まれる。

「き、…気持ちいい？　安原さん」

訊くまでもないだろ、というように安原がわずかに唇の端を上げた。

「君は？」

伊崎も返事の必要はなかった。腰が勝手に彼のリズムに乗っている。

「は、はあ…っ、あ、ん……っ」

ベッドのスプリングが揺れ、テレビの灯が安原の肩や頬を照らしている。

「――あ、ああ、あ」

なめらかに高まっていく。何ひとつ不自然なところがない。

「いい、…気持ちいい…は、…っ」

徐々に激しくなっていく動きについていくと、ぎゅっと強く抱きしめられた。

「あ」

何度も名前を呼ばれ、伊崎も「安原さん」と呼んだ。

彼とセックスしている。

彼と交わっている。幸福感に胸が潰れそうだ。

「――は、は…っ、はあ…」

もっと、もっと、と求めて、溢れるほど与えられた。

「や…すはらさ、…ん、あ――」

これ以上は無理、というところまで連れていかれる。

「――」

頭の奥が白く光った。

強い快感に決壊（けっかい）する。

「は――」

息が詰まり、一瞬ぜんぶの音が消えた。

「あ、あ、――はあっ、はっ、は――」

弾（はじ）けるように出してしまい、すぐに彼も大きく脈動した。

「はあっ、は…っ、――」

一緒にシーツの波に倒れ込んで、ひたすら酸素を求めた。

激しく息を切らしながら手を探すと、大きな手が指を絡めてきた。

「――だいじょうぶか…？」

うなずくのがやっとで、目を開けると軽くキスされた。嬉しい。

「すごい、よかった」

荒い呼吸の合間に言うと、安原がわずかに目を見開いた。

「そりゃよかった——俺もだ」

目を見かわして笑うと、心の底から満ち足りた。

もうなにもいらない。

汗だくで抱き合い、何度も何度もキスをした。

「まだ、このままでいて」

彼が身体を引こうとしたのを、思わず引き止めた。

「でも、…だいじょうぶなのか？」

「入ってる感じが好きだから」

もうちょっと、とねだると体重をかけないように気遣いながらかぶさってくれた。

「重くない？」

「重いのがいい」

安原がおかしそうに笑い、額(ひたい)にキスをしてきた。嬉しい。

「まずいな…」

安原が慌てたように目を逸らした。

「なに？」

「君は、その…いつもと違うんだな、こういうとき」

中の彼がまた力を持ってきたのがわかって、伊崎は少し驚いた。

「もう一回？　する？」

求められるのはものすごく嬉しい。

「でも、君が辛いだろ」

確かに久しぶりに激しい行為をしたので少し辛い。でも気づかれているとは思っていなかった。

「また今度な」

安原が名残惜しそうに、それでもきっぱり言って伊崎の頭を軽く撫でた。子どもにするような仕草に、変に安心した。

「またする？」

「するよ？」

「本当に？　してくれる？」

恋人になってくれたのを確かめたくてしつこく訊くと、目を細めてうなずいた。愛おしいんでくれているのが伝わってくる。幸せであふれそうだ。

ゆっくり身体を引いて、安原が伊崎の足を開かせた。

ローションや体液でぐしゃぐしゃになっているのをティッシュで拭ってくれて、ついでに足の付け根のところに小さく飛んでいる蝶を撫でた。くすぐったい。

「今日、泊まっていく？」

自分も簡単に拭って、安原がごろっと隣に寝そべった。伊崎は自然に彼に寄り添い、腕のところに頭を乗せた。裸でくっつくと、離れるのが嫌になった。

「そうだな…」

忙しそうだとわかっていたが、今日は帰らないでほしかった。

「泊まってってよ」

甘えさせて欲しくて腕を絡めると、迷っているようだったが、安原は伊崎の顔を見てふっと笑った。

「じゃあ泊めてもらおうかな」

「ほんと？」

よかった、と首筋に頭を擦りつけると、今度は戸惑ったように目を逸らされた。

「なに？」

「いや…」

安原は珍しく照れた顔で伊崎のほうを横目で見た。

「なに？」

「君がかわいく見えて困る」

きれいだと言われたときもどきどきしたが、耳がいきなり火をもったように熱くなった。

「なんで困るの」

「なんでだろう。なんか困るね」

安原が声を出して笑いだし、もう、と睨んだが、結局伊崎も一緒に笑った。彼の目じりの優しいしわが、やはりすごくいい。

「ところで俺は腹が減ったんだけど、君は？」

すっかり通常モードになっているのも彼らしい。

「そう言われると」

「じゃあなにか作ろうか…って、君のところは食材がないんだよな」

「下のスーパー行きます？」

「いいな。そうするか」

セックスする前とすっかり同じ空気感で、伊崎はそれも嬉しかった。

「安原さん」

「うん？」

とはいうものの、もちろん恋人らしいこともしたい。

伊崎が目で促すと、安原はちゃんとキスをしてくれた。

10

カセットコンロの上で鍋がぐつぐついっている。

鶏と葱と白菜と豆腐、しめじや椎茸も仲良く身を寄せ合っていて、出汁のいい匂いが食欲をそそる。

「安原さん、これもう食っていい？」

「ちょっと待て」

冷蔵庫の前でごそごそしていた安原が小さな小瓶を手に炬燵に戻ってきた。

「なにそれ」

「この前職場でもらった。手作りの柚子胡椒」

「へえ」

「大分の人で、大量に作ったからってたまにくれるんだ。美味いよ」

取り皿に耳かき一杯分の柚子胡椒が添えられ、「さー食おう」と安原が箸を取った。

三月に入り、晴天が続いてぐっと気温が上がったのに、週末にはあっさり寒が戻った。朝からどんよりした曇天で、真冬に逆戻りの冷え込みだが、おかげで鍋が楽しめる。

今日は休みが重なって、「スーパーで叩き売りされてたから」と土鍋を買った安原に家に呼ばれていた。

「炬燵しまわなくてよかったね」

「確かにな」

安原はいつものちょっと眠そうな顔をしている。

早く会いたくて朝から約束していたのに、さらに約束の時間より早くついてしまった。安原はちゃんと待っていてくれて、会うなりセックスになだれ込んだ。

やっとお互いの身体がわかってきて、好きなやりかたを試すのに夢中だ。あっという間に昼になっていて、シャワーのあと少し飲み食いしているうちにまた始めてしまい、一緒に寝入って目が覚めたら夕方になっていた。

つき合い始めたばかりの恋人同士の休日としてとても正しい過ごし方といえる。

腹減ったなあ、という安原のいつもの台詞(セリフ)で買ったばかりの土鍋が登場し、一緒に野菜を切ったりつまみをつくったりした。

テレビでは安原の贔屓(ひいき)のチームががらがらの球場で試合を始めている。

「ところで野球ってもうやってるの？」

「これはオープン戦」

「ああ、練習試合的なやつね」

「うーん、今年はピッチャーがなあ」

のんびりした顔でトレードがどうの、スカウトがどうのと言われても伊崎にはなんのことかさっぱりわからない。

「シーズン入ったら、球場に試合見に行かないか？」

「行く行く」

野球はさっぱりわからないが、恋人と一緒に出掛けるのはぜんぶデートだ。

「球場のビール美味しそう」

「そっちか」

話していると床に放置していたスマホがぶるっと着信した。無視しようかと思ったが画面に向居の名前が表示されていたのでしぶしぶ出た。

少し前、話の流れで安原とつき合うことになったと報告したら向居はずいぶん喜んでいた。他人の幸せを羨む必要がないのはお互い様だ。

「向居さんから？」

通話を切ると、話の内容で相手がわかったらしい。

「うん。南さんが出張で美味い酒買ってきたんだって。安原さんも一緒に飲みに来いっていうから近いうち行こうよ」

「ああ、いいな」

向居には「一緒に暮らさないのか」と訊かれたが、今はこの距離感がちょうどいい。

テレビの中でかきん、とボールを跳ね返す音がして、安原が「あー」と落胆のため息をついた。がっかりしている安原には悪いが、肩を落とす様子を見ているとへんに楽しい。

「打たれた？」

「打たれた」

でも来年の今ごろは、一緒に「あー」と嘆息しているかもしれない。

伊崎は「残念だったねー」とビールをついでやった。お返しにビールをついでもらい、ぬくぬくとした炬燵と鍋の至福を堪能する。

「あーあ、幸せ…」

ふわあ、と大あくびをすると、安原もつられたようにあくびをした。

「今日は泊まってくだろ？」

「いい？」

「もちろん」

すっかり安原のところに入り浸りになっていて、着替えも日用品もちゃっかり置いている。

「うちもスポーツチャンネル入れようかな。そしたら安原さんもうちに泊まりに来るよね？」

「君のところは広すぎるからなあ。落ち着かない」

「えー」

「炬燵好きだろ」

「まあね」

安原の部屋は相変わらず雑然としているが、確かに居心地がいい。伊崎はごろっと横になった。

「俺、安原さんといると完全に腑抜けになる。だいじょうぶかな」

「君はすぐ頑張りすぎるから、それでちょうどいいんだよ」

「そうなの？」

「そうだよ」

この人が言うならきっとそうなんだろう。

「ふーん」

伊崎はまったりした幸せに浸りながら「そっか」と納得した。

今夜の月は

KONYA NO TSUKI WA

1

モニターの端にチャットサインが出ている。

セキュリティのかかった社内チャットではなく、外部との連絡用だ。

安原翠（やすはらみどり）、と相手の名前を確認して、安原（やすはら）は持ち帰り作業の手を止めた。

〈おはよう〉

午前三時半は、最初の挨拶（あいさつ）に一瞬悩む時間帯だ。

チャットの応答ボタンをクリックすると、朝だという認識の挨拶が送られてきたので、安原も〈おはよう。早いね〉と返した。

安原翠、という元妻のフルネームを目にするたび、安原は若干（じゃっかん）複雑な気分になった。学生時代に結婚し、安原姓で論文発表をしていたので、彼女は離婚後も苗字は変えなかった。

予期せぬ妊娠はお互いの未熟さゆえのものだったのに、彼女ばかりがそのツケを払わされている。

〈今から寝るのよ。もしかして起きてるかなと思って〉

〈俺も今から寝るところだった〉

昨日は早めの時間からセックスしてそのまま寝入ってしまい、深夜になって目が覚めた。

やっておきたい作業があって起き出したが、目途がたったので隣の部屋でぐっすり寝ている伊崎の横に再度もぐりこもうかと考えていたところだ。

〈栞が来週帰国するでしょ。三人で食事でもどうかなと思って〉

〈いいね〉

〈それじゃスケジューラー送るからチェック返して。店に予約入れたら自動送信するようにしとく〉

〈了解〉

相変わらずすることに無駄がない。

チャットが切れるとすぐに翠と栞の都合のいい日時がチェックされた予定表が送られてきた。

三人で食事をするのはほぼ一年ぶりだ。栞が留学するまでは三ヵ月に一度のペースで食事をしていた。

子どもはともかく、別れた奥さんとそんなに頻繁に会うのは珍しいと言われることもあるが、喧嘩別れをしたわけでもなく、会えばなごやかに過ごせるので、近況報告をするのにもちょうどいいインターバルだった。

予定を返して仕事を片づけると、安原はそっと隣の部屋のスライドドアを開けた。

九月も半ばを過ぎたが、まだエアコンなしではとても眠れない。それでも付けっ放しにしているとこの時間には冷えすぎていて、安原はリモコンで室温を上げた。

「安原さん…？」

できるだけ物音をたてないように気を付けたが、二人で寝るには狭いセミダブルに潜り込むと、伊崎がうっすら目を開けた。

「ごめんな、起こした」

「ううん、仕事…？」

「目が覚めたから、ちょっとな」

「昨日すっごい早かったもんね」

伊崎があくびまじりに足を絡めてくる。伊崎のマンションの寝室にはキングサイズのベッドがあるが、泊まりにくるのはもっぱら彼のほうで、いつもこのセミダブルでくっついて寝ている。でかいのに買い替えるか、と思いつつ面倒が先にたち、かつ伊崎が「狭いのいいじゃん」とぎゅうぎゅうくっついてくるのでまあいいかで半年経ってしまった。

「…四時半か…」

いつもしているスマートウォッチをかざして時間を表示させると、伊崎のなめらかな頬が白く照らされた。

きれいな顔をしてるよな、といつもながら感心する。

外見には金かけてるからね、と冗談まじりによく言うが、どこにどう金をかけるとこうなるのか、安原には皆目見当もつかない。完全脱毛していて、トレーナーをつけてボディラインを維持しているという伊崎は、安原から見ると普通の男とはちょっと違う。肌理の細かい美しい肌をしていて、頬や耳は上気するとほんのりと内側から色づく。

「安原さん」

「うん？」

伊崎が甘えるようにすり寄ってきた。セックスしたあとそのまま寝たので彼は全裸だ。すべすべした肌が密着してきて、安原は自然に彼の腰に手を伸ばし、臀部の弾力を愉しんだ。きゅっと締まった肉感を堪能していると伊崎がふふっと笑った。

「俺もう無理だよ」

口ではそう言いながら嬉しそうだ。

初めのころ、そんな必要はないのに、伊崎は一生懸命安原をその気にさせようとしているふしがあった。

「だってあなたは異性愛者だし」

確かに自分が同性と恋愛関係になるとは夢にも思わなかったが、そうなってしまえばなんの違和感もない。やたらと美意識が高くてセックスに積極的な恋人ができた、というだけのことだ。

彼とつき合うようになって、もう半年が過ぎた。

いきつけの居酒屋で偶然相席になったときには、まさか一緒に寝るような仲になるとは想像もしなかった。

あまりの暑さに通りかかった店に飛び込んできただけというのが見てとれて、別れ際に彼が「またお会いするかもですね」と言ったのも社交辞令と受け止めていた。

けれど伊崎は本当にやってきて、いつの間にか飲み友達になり、恋人になった。

自然な成り行きだったが、改めて考えると不思議な気もする。

「触るとまずいよ」

もう無理だからねと念を押したわりに伊崎が股間に手を伸ばしてくる。安原と同じでただ感触を愉しみたいだけというのはわかるが、やわやわと握られると当然反応するし、欲求につながる。

「安原さんって意外とすごいよね」

頭をもたげたものを手でなだめながら伊崎が首元で笑う。

「意外とっていうのは」

「絶倫で」

「そんなこと言われた記憶ないけどな」

「ふーん、誰に？」

伊崎がわざとらしく声を尖らせる。

「誰って」

伊崎はときどきこんなことを言って安原を困惑させる。

「こういうことは相手次第だろ」

伊崎とつき合うまではむしろ淡泊なほうだと思っていた。

「俺のせいなの？」

絶妙な力加減で触りながらなにを言ってる、と目で言うと、ふふっと笑った。

「まあいいけど」

伊崎がもぞもぞ体勢を変えた。そのまま毛布の奥に潜り込んでいく。

「もう無理だったんじゃないのか」

「舐(な)めるのは別」

スウェットを下着ごとおろしているので腰を上げて協力した。

「ん…っ」

フェラ好きなんだよね、と言う恋人は性行為に積極的だ。最初のころはその熱心な探求心と経験値にかなり驚かされた。

「――」

熱い濡れた感触にぬるっと包まれ、息を呑んだ。深く咥(くわ)えられてあっという間に快感が押し寄せる。

「――……っ、ふ…」

舌の動き、唇の締め付け、本当に口淫が好きでたまらない、というのが伝わってくる。

いやらしいリップ音をわざとたてて、普段はつんと澄ましているだけに、その落差に毎回興奮をかきたてられた。

あなたの好きなやりかた覚えたいから教えて、と言われたこともあったが、さほど行為に熱心なほうでもない安原はむしろ伊崎に自分の「好きなやりかた」を教えられたようなものだ。

いつのまにか毛布は跳ねのけられていて、安原は肘(ひじ)をついて半身を持ち上げた。伊崎が目をあげる。少し開いていたカーテンから朝の光が差し込み、部屋はずいぶん明るい。

安原は手を伸ばして恋人の髪に触れた。伊崎が目を細める。口を離し、見せつけるように舌を伸ばした。

フェラチオをしているときにどうして欲しいのか、安原ももう知っている。

恋人の柔らかい髪に指を入れて撫でてやり、ときどき耳に触れる。

「巧(たくみ)」

名前を呼ぶのもこのときだけ、となんとなく決まっていた。

伊崎の手が安原の手に触れた。出して、という合図だ。

口に、というのは本当はまだ抵抗がある。

「ねえ」

ためらっていると、伊崎が顔をあげてねだった。

「出して」

うっとりした声や目に、ぐっと狂暴な感覚が突き上げた。引きずり込まれるような情欲に一気に熱がこもる。

「――ん、ぅ……」

唇から溢れた精液が、あごを伝って喉を濡らした。長い睫毛が動き、美しい顔が自分に汚されて悦んでいる。

奇妙な高揚に後ろめたさを感じ、安原は拭ってやろうと手を伸ばした。伊崎は目を細めてその手を取った。

「して」

安原をまたぐように膝立ちになり、伊崎が握らせる。無毛の股間で勃起したものが震えていて、触れると伊崎が細い声を洩らした。

「あー…あ、ぁ…ん、う、う…」

遠慮のない声をあげ、安原の手の動きに合わせて自分でも腰を揺する。

「あ、あ、――っ」

とっくに興奮しきっていて、ほんの短い時間で生ぬるいものが溢れた。

「――っ、は……」

満足してずるっと座り込み、安原のほうに倒れ込んでくる。汗ばんだ身体を受け止めて、安原もうしろに倒れた。

「…ぐっちゃぐちゃだ…」

ふふっと蠱惑的に笑って、伊崎がきつく抱き着いてきた。ぐちゃぐちゃになるのが好きらしい。安原が乱暴に髪をかき回してやると嬉しそうに腕に力をこめた。

「天気よさそうでよかった」

息が収まり、安原の上に重なったまま伊崎が顔を上げた。いつの間にかすっかり明るくなっていて、カーテンの隙間から明るい陽射しが差し込んでいる。

「シーツ洗わないと」

「その前に風呂だな」

「そんで腹減った、でしょ」

言い当てて、伊崎が起き上がった。すっかり淫靡な空気は消えている。

「安原さん、なんか作ってよ。俺洗濯して片づけするから」

自分の家の家事はほとんど外注で済ませているようなのに、ここに来ると伊崎は妙にマメだ。

「なにがいい?」

「お任せで。あ、でも俺昼から仕事だし、早めに出るよ」

「了解」

交代でシャワーを浴びて、安原が朝食の準備をしている間に伊崎は洗濯機を回して毛布を干し、そのへんを片づけてくれた。

「お、ホットサンドだ」

トマトとチーズを挟んで焼いただけのホットサンドは伊崎の好物で、あとは冷蔵庫の野菜を適当にカットしてドレッシングで和(あ)えた。

「コーヒー、カフェオレにしていい？」

「牛乳あったかな」

「待って砂糖入れるから」

キッチンテーブルにひじをついて両手でマグカップを持っている伊崎は、完全にオフモードで若干(じゃっかん)子どもっぽい。

「なに？」

ホットサンドにかぶりついて頬をふくらませ、幸せそうにもぐもぐやっているのをつくづく眺めていると、伊崎が気づいた。

セックスをしているときと、安原が作ってやったものを美味(おい)しそうに食べているとき、そして仕事のときはまた違う顔をしている。

「いや、この前君が載ってる雑誌を見たのを思い出して」

「雑誌？」

「ビジネス系の、俺はよく知らないけど職場にあったの偶然見つけた。マーケティングは知性、とか言ってたな」

「……ええっ？」

何のことだ、というように首をかしげていた伊崎が思い当たったように目を見開いた。

「…あれ見たの？」

「見た」

にやにやするのが止められない。伊崎はホットサンドを手にしたまま無言になった。

ラボの食堂には新聞や雑誌が置いてあり、いつもは手にとらないビジネス系の雑誌をなんとなくめくって発見した。表紙にデジタルマーケとかEコマースとか、たまに伊崎が口にしている単語が載っていたので興味を惹かれたが、まさか本人がインタビューページで微笑んでいるとは思わなかった。

「あーそう」

いたたまれない、という顔をしたのは一瞬で、伊崎はすぐ開き直ったようにまたホットサンドにかぶりつき始めた。

「俺カッコよかったでしょ？」

「ああいうのってみんな似たポーズ取るよな。伊崎君も腕組みしてちょっと気障だった」

「そういうリクエストなんです！」

やはり恥ずかしいらしい。急に丁寧語になって遮ったので噴き出した。

ビジュアルに力を入れた誌面構成で、伊崎は華やかな笑顔を浮かべ、仰々しいキャッチフレーズをつけられてインタビューに答えていた。

「あれ企画してるの知り合いで、貸し作っとくとあとあと便利なんだよ」

「雑誌は次のが出ると廃棄になるから、くれって頼んどいた」

「もらわなくていいよ！　っていうか、そこは買おうよ、どうせなら」

もう、と笑っている伊崎に、安原も声を出して笑った。

「じゃあ買おう」

「買わなくていいって」

他愛のない言い合いをしながら食事を終えて、伊崎はシンクに皿を運んだ。

「そうだ。再来週の日曜ってなんか予定入ってる？　俺の友達がいい店見つけたって教えてくれたから、そこ行かない？　たまにはいいでしょ、イタリアン」

「再来週か」

うっかり承諾しかけて思い出した。

「ちょっと待ってな」

もしかして、とスマホで確認すると、予想通り自動送信で予約確認のメールが届いていた。

「あー、その日は先約ができてるな」

「できてるって、なに？」

伊崎が遠慮なくスマホを覗き込んできた。

「翠…って、俺の元妻が、久しぶりに栞と三人でメシ食おうって、さっき都合のいい日のすり合わせをしたんだ」

「ふーん」

伊崎が不服そうな声を出して肩に頭を乗せてきた。

「ごめんな」

「いいよ、別に」

そう言いながら、至近距離でなにか言いたげにじっと見つめてくる。デジタル市場の業界地図について語っていた知的な表情とはかけ離れた、子どもっぽい顔つきだ。

「なんだ？」

「俺は心が狭いんだよね」

「？」

含みを持たせたもの言いだが、何が言いたいのかさっぱりわからない。

「食事、栞ちゃんも一緒なんだよね？」

「ああ、もちろん」

「じゃあまあ、いっか」

わざとらしく鷹揚な態度をとられた。

「まあいいか、って、だからなんなんだよ？」

本当にわからなかったので肩に乗っている伊崎の額を軽くデコピンしてやった。

「いて」

「わからんもんはわからん」

もー、とおおげさに額を押さえ、伊崎は口を尖らせた。

「別れた奥さんと会うって聞いて、心の狭い俺はもやもやしたんです。つまり、やきもちを焼きました」

「やきもち？」

噛んで含むように言われてようやく意味がわかったが、理解はしがたい、

「もうとっくに別れた相手だぞ？」

「こういうのって理屈じゃないの」

呆れたが、伊崎はつんと顎を反らした。

「ま、安原さんにはわかんないだろうね。わかんないとこ嫌いじゃないけど」

ごちゃごちゃ言いながらも自己完結で機嫌を直し、伊崎はナイロンバッグを肩にかけた。青とも紫ともつかない不思議な色で、伊崎の選ぶものはシンプルなようでいて、必ずどこかにひと癖がある。

そしてなにより彼自身が、安原にとってはひと癖のある、不思議な魅力の持ち主だった。彼

のような人間は今まで安原の周囲にはいなかった。

「安原さん」

玄関ドアの前で伊崎が振り返った。

どうにも気恥ずかしいが、伊崎は当然のように別れ際にはハグを求める。

「これ、する必要あるか?」

「要不要の問題じゃありません」

はい、と両手を広げて催促されたので、まあいいか、と応じた。

抱きしめるといい匂いがして、同じ男でこうも違うものかと毎回ちょっと不思議な気がする。

「仕事終わったら連絡するね」

お互い不規則な勤務体系で働いていることもあって、伊崎は連絡マメだ。

じゃあね、と伊崎が出て行っても、少しの間、彼の香りは腕や肩に残っていた。

2

安原が店に入ると、栞と翠はもう一番奥のテーブル席でメニューを広げていた。

子どものころはよく「栞ちゃんはお母さん似だね」と言われていたが、今となってはあまりに雰囲気が違っていて親子に見えない。栞はふわっとしたワンピースを着て、今日もきれいに髪を巻いているが、翠はストライプシャツにコットンパンツで、髪もクリップのようなもので簡単にまとめているだけだ。

「パパ」

テーブルに近づくと、栞が先に気づいてメニューから顔を上げた。

「ごめんな、遅くなって」

「ううん」

「遅くないわよ、時間通り」

笑顔の栞の横で、翠が無造作に腕時計を確認した。

「久しぶりだな」

「本当に」

今日は栞のリクエストでこのスペインバルになった。漆喰の壁にタペストリーや絵皿が飾られていて、落ち着いた音楽が流れている。

「とりあえず生ハムの盛り合わせとピンチョス頼んだけど、パパは？　お腹空いてるよね？」

栞が「本日のおすすめ」を差し出した。相変わらず爪はきれいに色がついている。

「ラムチョップとパエリアだったらボリュームあるんじゃない？」

メニューをめくる翠のほうは、ネイルどころか指に絆創膏が貼ってある。

「そうだな」

安原が席に落ち着いたのを見計らって店員がオーダーを取りに来た。

「パパ、ビールでいい？」

「ああ」

栞がまとめて注文をして、いつの間にか大人になったよなあ、と安原は今さらな感慨にふけった。誰に似たのかよく気が付き、愛嬌があって人に好かれやすい。

少なくともあたしのＤＮＡはあんまり発現しなかった、というのが翠の意見で、安原もまったく同意見だった。ただし顔立ちはけっこう似ている。目が大きくてぱっと人目をひく。安原の入学した大学では、ものすごくかわいい子がいる、と他学部にまで評判になっていた。

安原は人の容姿に鈍感で、翠に出会ったばかりのころも、言われてみればかわいいな、くらいの感覚しかなかった。それが翠にはよかったらしい。

同じ野球チームのファンだったことがきっかけで親しくなり、気づくと恋人になっていた。いろいろあって離婚になったが、お互い感情に起伏のないほうで、大きな諍いはしたことがない。

「パパ、長いこと本当にありがとうございました」

飲み物が運ばれてきて、乾杯、とおのおの軽くグラスを持ち上げると、栞が急に改まって頭を下げた。

「お？　いやいや」

「ほんと、ご苦労様でした」

翠も珍しくしみじみとした声でねぎらってくれた。

「留学までさせてもらって、感謝してます」

「いやいやこちらこそ、そのくらいしかできなくて」

改まられるのは苦手だ。早口でやり過ごすと、隣の翠がくすっと笑った。

「本当に、助かりました」

離婚時に、栞の学費や習い事の費用は安原が負担すると取り決めをした。

地方の公立高校出身の安原には、中学から私立だった栞の学費と留学費用はなかなかに驚かされる額だったが、ふだん交流のない父親としてはしてやれることがあるのは純粋に嬉しかった。ただ、それもとうとう終了した。ほっとするような、寂しいような、複雑な気分だ。

「負担かけたわりに、ものにならない娘ですみませんでした」

栞が茶目っ気たっぷりに謝る。

「ものになるかどうかはこれからだろ」

栞はスポーツ健康科学、というものを専攻して、いくつかのインストラクター資格も取得したらしい。現地で就職するのかと思っていたが「カナダいいとこだけど、やっぱり日本で暮らしたいかな」と帰国することになった。

翠によると、向こうでできた彼氏が帰国するので一緒に帰ることにしたらしい。

自分の研究に打ち込むために離婚を選んだ翠には理解しがたい選択のようだが、一人娘のすることにはできる限り口は出さずに見守ろう、とそれも二人で決めていた。

「で、栞は就職しないのか？」

次々に皿が運ばれてきて、栞はてきぱき取り皿を配り、取り分けづらい料理はあらかじめシェアしてくれた。気の利く新入社員、という風情に、安原は気になっていたことを訊いた。

「フィットネスクラブでバイトするって母さんから聞いたけど」

「うん」

栞は手についたラムチョップのソースをナプキンで丁寧に拭いた。

「来年彼氏と一緒に部屋借りるから、それまでの繋ぎ。住むところ決めてから動いたほうがいいでしょ？」

「彼氏…、結婚するのか？」

思いがけない返事に、生ハムを取りかけていた手が止まった。

「まだわかんない」

「ほお…」

どう反応していいのかわからず、思わず翠のほうを見ると、彼女も初耳だったらしく目を丸くしていた。

「栞、一緒に暮らすんだったら、その、彼に一度会わせてほしいな」

翠が珍しく慌てた早口で言った。

「そうだね、言っとく」

栞のほうはけろっとしている。

「向こうで知り合った人よね？　確か栞より四つ年上で、えっと名前はなんだっけ」

「なに、いきなり」

急に前のめりになって問い詰めだした翠に、栞がおかしそうに口元を緩めた。

「前彼氏の話したときは興味なさそうにスルーしたくせに」

「だって」

さすがにこのあたりは普通の母親だ。同棲すると宣言されて明らかに動揺している翠と、目と目で連携する。

「あのね、気持ちはわからなくもないけど自分たちだって十九歳で結婚してるでしょ。あたしはもう二十一になってるんですけど」

疑問と心配でいっぱいになっている両親に、栞が悪戯っぽい顔で痛いところをついてきた。

「まあ、それはそうだな」

「それはそう」

急に歯切れが悪くなって栞に笑われた。

「これね、彼氏」

栞がスマホを出してきた。

「畑野敬さん」

「ほお…」

翠とふたりで覗き込むと、カナダで撮った写真らしく、爽やかな青空の下でトレーニングウェアの好青年が白い歯を見せていた。一瞬頭を過ぎった浮ついたイケメンなどではなく、武骨だが、そのぶんいかにも実直そうだ。

「リハビリテーションが専門で、みんなに頼りにされてる。ちょっとお人よしなところあるけど自分の考えちゃんと持ってるし、あたしのこともすっごく大事にしてくれてるの。いい人だよ」

写真を見せてもらっただけだが、人柄はよさそうに思える。栞の言葉の端々からも彼に対する信頼が伝わり、安原はひとまず安心した。翠も隣でほっとしているのがわかる。

「ありがとう」

うなずき合ってスマホを返すと、栞はつくづくと安原と翠を見比べた。

「それにしても、パパとママが学生結婚したとか、不思議でしょうがないよ。そもそも二人とも恋愛とか縁なさそうな感じだし」

「まあな」

「確かにね」

「でもパパ、もしかしていい人できた？」

またもや栞が驚くべき発言をした。

「やっぱり？」

驚いて反応の遅れた安原に、栞が難しいクイズに正答したようにぱちんと両手を合わせた。

翠が目を丸くする。

「そうなの？」

隠す理由もないのでうなずいたが、どうにも苦手な話題だ。

「へえぇ」

「ママ驚きすぎ」

「そうじゃなくて、栞の察知能力にびっくりしたの」

「そっち？」

「俺も驚いた」

「どうしてわかるの？」

「彼女いるだろうなって人は雰囲気でなんとなくわかるよ」

「雰囲気で？　お母さんはぜんぜんわからないけどな」

「そりゃそうでしょうよ」

栞はおかしそうに笑っているが、雰囲気でわかるってどういうことだ、と安原も娘の察しのよさに舌を巻いた。

「それよりパパの彼女、どんな人？　どこで知り合ったの？」

「どんなって、行きつけの店で知り合ったふつうの人」

彼女ではなく彼だが、そこまで言う必要もないだろう。

「行きつけの店って、この前連れてってくれた居酒屋？」

「ああ」

「へえ、あの店で知り合ったんだ」

栞が微妙な表情を浮かべた。

もうちょっとお洒落(しゃれ)なとこがよかったな、と冗談半分に言われたのを思い出し、安原は今度は内心おかしくなった。娘が今思い浮かべているのは、すべてにおいて伊崎(いさき)とは正反対の人物像のはずだ。

「ママ、パパにはいろいろ問い詰めないんだ？」

栞が含みのある調子で言った。

「なにを？」

「なにをって、あたしに訊いたみたいなこと、いろいろ」

「だって栞のことは心配だけど、お父さんは大人だし」

「そーいうことじゃなくて」

栞が苦笑いしてグラスの果実をストローでつついた。

「別れてもちょっとは気になったりするもんじゃないの？　顔も見たくない、って相手ならともかく普通に仲良くしてるんだし」

栞の言いたいことはなんとなくわかるが、安原としてはきょとんとしている翠の心境のほうがよくわかる。とっくに別れた相手が誰とつき合おうが自分には関係のないこととしか思えない。

「まあいっか」

栞がふふっと笑った。

「親が離婚してる子けっこういるけど、うちみたいに円満な感じのとこあんまりないもん。パパとママのその性格のおかげだよね」

「その性格ってなに」

翠が聞き咎める。

「人間関係の機微に疎い感じ」

「失礼ねえ。ちゃんと友達はいるよ」

「山仲間？」

「お、山行ってるのか」

「先週は秩父のほうにね」

山か、と懐かしくなった。プロ野球観戦と、もうひとつの翠との共通の趣味は山だった。学部に山好きが何人かいて、みんなでよく近場の山に登りに行った。

「俺はこのところ行ってないな」

「彼女はつき合ってくれないの？」

すかさず栞がつついてくる。

「トレッキングは何回か行ったな」

たまにはいいねと言って楽しそうにはしていたが、基本的に伊崎はアウトドアに興味がない。キャンプもバーベキューもあまり好きではないようで、なんでわざわざ不便な思いしてまで戸外に固執するのか理解できない、というのが伊崎の言い分だ。彼らしいといえば彼らしい。

「ふーん、仲良くしてるんだ」

伊崎のことを思い出していると、栞が見透かした顔で笑った。

「山の写真見る？」

元夫の恋愛事情には興味のない翠がスマホを出してくる。

「金峰山か」

「よく行ったよね」

「行ったな」

写真を見せてもらっていると、これまた山には興味のない栞が「こっちはこっちでほんとに仲いいねえ」と冷やかすように笑った。

「まあ、喧嘩別れしたわけじゃないしね」

「ふーん、オトナだね」

栞は話半分に受け取っているようだが、翠も含めて、安原は別れ話で揉めたことは一度もない。

短い期間だが、翠と離婚したあと二人の女性とつき合った。一人は同僚で、もう一人は仕事先で知り合った女性だ。どちらも穏やかな人柄で、それなりにいい関係を築いていたが、たまに泊まりにくる栞に対してなんとなくうしろめたい気持ちがあって、異動や引っ越しで距離ができたのをきっかけに別れた。

そもそも友人ポジションとあまり差異のないようなつき合いで、距離ができれば自然消滅しそうだというのはお互い感じていた。

それならけじめをつけたほうがいいだろう、と結論を出して、そのあとも顔を合わせればふつうに接しているし、気まずいということもない。

結局なんとなく惹かれる相手というのはみな似た気質、ということなのだろう。

恋愛に人生を賭ける人間もいれば、そういうことにさしてエネルギーを傾けない人間もいる。それだけのことだ。

伊崎は少し違うようだが、なにごとも例外というものはある。

やきもち焼きました、と口を尖らせていた伊崎を思い出し、安原はふっと小さく笑った。

本当に、彼はなにもかも例外でできている。

3

二人を最寄り駅の改札まで送り、路線の違う安原(やすはら)は一人で駅前の大通りを渡った。まだ終電まで間のある時間帯で、あたりは賑(にぎ)やかだ。

今日は伊崎(いさき)は仕事だった。

イタリアンを予約しようとか言っていたが、安原に先約があったので仕事を入れたようだ。忙しい日々を送っているとかえってマメになるらしく、伊崎と共有しているカレンダーは常に更新されているし、大きな予定はわかった時点で必ず教えてくれる。ちょっとした隙間時間にトークアプリにメッセージを入れてくるので、安原もちょくちょく見るようにしていた。が、今日はだいぶ忙しいようで、朝いつもの挨拶(あいさつ)が来たきりだ。

〈おはよ、夜は雨っぽいね〉

ホームに上がってからスマホを出してみたが、やはり最後のトークはそれだけだった。

そういえば夜風に湿り気(け)を感じる。降るかもしれない、と電車に乗り込んで窓の外に目をやった。

〈今から帰るけど、君は？〉

伊崎のマンションは駅直結なので、雨でもつい傘を忘れると言っていた。今日はちゃんと傘を持って行っただろうか。もっとも彼はタクシー移動が多く、雨に降られてもあまり困ることはなさそうだ。

まだ仕事なのか、安原が最寄り駅についても反応はなかった。

さてどうするか、と安原は思案した。

栞好みのスペインバルは、味は悪くなかったものの、いかんせん安原にはボリュームが足りない。日本酒が飲みたかったこともあり、いつもの居酒屋に寄りたかったが、あいにくたぬきもそろそろ閉店時間だった。

しかたなくコンビニでビールとつまみを買い込んで家に向かった。

「あれ」

ネオン看板とスナック扉の並ぶ界隈を早足で横切り、安原は足を止めた。

居酒屋たぬきはすぐそこで、色褪せた暖簾から店の明かりが洩れだしている。引き戸が開いて、出てきたのは伊崎だった。

「伊崎君」

声をかけるとびっくりしたようにこっちを向いた。

「安原さん」

「なんだ、来てたのか」

近寄りながら、安原は既視感に囚われていた。

以前、同じようなことがあった。

彼と出会って間のないころ、いつも暖簾をくぐる水曜なのにたぬきの閉店時間まで残業になり、しかたなくコンビニで酒を買い込んで店の前を通りかかったら伊崎が出てきて、いきなり「なんで来なかったんですか」と詰問してきた。

「もう帰るのか?」

まだ互いの名前も知らなかったころだが、いつもツンと澄ました伊崎が明らかに酔っ払って言いがかりをつけてきたのが、安原はなんだか可愛く思えた。

「あ、えっと」

急に現れた安原に、伊崎がびっくりしている。

「時間あるなら、もうちょっとつき合わないか?」

コンビニの袋をちょっと持ち上げて見せると、やはりあのときのことを思い出していたらしく、伊崎が照れくさそうな笑みを浮かべた。

「なんか、懐かしいね」

「なあ」

顔を見合わせて一緒に笑い、自然に並んで歩き出した。夜風に雨の匂いがする。

「飲みながら、安原さん来ないかなってちょっと思ってたんだよね。で、初めて安原さんのアパート誘ってもらって行ったときのこと思い出してたから、店出てびっくりした」

「俺もだ。すごい偶然だな、って、たぬきにいるなら教えてくれたらよかったのに」

「うーん、でも今日は…、前の奥さんと娘さんと一緒だしなって」

伊崎の声がほんの少し弱くなった。

「別にいいのに」

ふだんは強気なくせに、ときどき変なところで遠慮をする。

伊崎がなにか言いかけたが、そのときぽつ、と肩のあたりに雨粒が落ちてきた。

「お、降るぞ」

空を見上げると電線が大きく揺れていた。隣の伊崎も夜空を見上げた。

「傘持ってるか？」

ぱちん、ぱちんと大粒の雨が地面で音をたてる。

「ないよ」

「だろうな。俺もない」

急ごう、と声をかける前にいきなりざあっと降ってきた。

「やばい」

「走るぞ」

「うわ、待って」

家までほんの少しだったが、雨に追われて建物の入り口に駆け込んだときにはもう髪から雫が滴るほど濡れてしまっていた。

「うわ、ぐっしょぐしょ…」

「ちょっと待ってろよ」

安原はナイロン素材の服を着ていたのでさほどでもないが、伊崎はずぶ濡れだ。ばたばた部屋に入ると、安原は急いで給湯のスイッチを入れ、タオルを手に玄関に戻った。

「ほら、先に髪拭けよ」

ショートブーツを脱ぐのに手間取っている伊崎の頭にタオルをかぶせ、わしゃわしゃと髪を拭いてやった。

「しかし、いきなり降ってきたな」

「うん…」

「どうした？」

妙に大人しいのでタオルを持ち上げて顔を覗きこむと、伊崎が口元を緩めていた。

「なんだよ」

しゃがんでいた伊崎が立ち上がり、急に抱きついてきた。恋人としての抱擁ではなく、小さな子どもが甘えているような仕草だ。

「風邪ひくぞ」

抱きついて離れないので、そのままタオルで髪を拭いてやる。くっついているとちょっと拭きにくい。

「ありがと」

だいたい拭いてタオルを外すと、伊崎も背中に回していた腕の力を抜いた。

「安原さんて、抱きつきがいがあるよね」

「太ってるって言いたいのか？」

年齢のわりに贅肉はついていないほうだと思うが、生来筋肉質で、全体的にずっしりしているのは確かだ。

「細くはないよね」

「君が細すぎるんだ」

「俺はこれが理想のボディラインだからいいの。でも彼氏は抱きつきがいがあるほうがいいな。安心する」

「じゃあ好きに抱きついてくれ」

「安原さんだー…」

「なんだそれ」

濡れたシャツごしに彼の体温が伝わる。なにか伝えたいことがあるんじゃないかと感じたが、感じるだけでわからない。自分が繊細さに欠けるという自覚はある。

せめてできるだけ軽く、背中をぽんぽん叩いてやった。肩のところで伊崎が笑う気配がした。

「ありがと」

伊崎が納得したように離れていった。

「風呂入ってこいよ」

「たまには一緒に入らない？」

こちらに背を向け、濡れて重くなっていそうな服を脱ぎながら、伊崎が悪戯っぽく言った。

「うん？」

「洗いっこしようよ」

いわゆる恋人らしい行為はどうにも苦手だ。伊崎はそれを承知でちょくちょくからかってくる。

「いや、狭いだろ」

「狭いのがいいんじゃん」

「風呂は一人で入る主義なんだ」

「銭湯は行くのに？」

「いいから入れよ、本当に風邪ひくぞ」

えーつまんないなー、としつこく文句を言いながら、伊崎は浴室のほうに向かった。

「ちゃんとあったまれよ」

「はーい」

伊崎の中身は、けっこうややこしい。

つき合うようになって、少しずつわかってきた。

意外に寂しがり屋なところがあり、皮肉な物言いをするわりに驚くほど純真な部分もあって、彼は複雑な多面体だ。

たぶん、自分は彼のわかってほしいところをちゃんと理解してやれていないだろうな、と思う。

ただ自分といると彼が安定するのは感じていた。

少し前、仕事でトラブルがあったとかで疲れた顔でやってきたときも、一緒に飲み食いしているうちに元気になって、安原さんといるとまあいっかって気が楽になる、と言っていた。安原も伊崎といると不思議に活力が湧いてくるので、そういう相性があるのかもしれない。

「あのさ」

交代で風呂に入り、やれやれ、とおのおの部屋着でローテブルの前で寛ぐと、伊崎はビールのプルトップを開けながらちらっと上目遣いで安原のほうを見た。

「うん?」

小腹が空(す)いたのでいつものように冷蔵庫の中のもので適当なつまみを作り、テーブルの上はごちゃごちゃいろんなものが乗っている。

「食うだろ？」

伊崎の前に箸(はし)を置いてやると、ありがと、と伊崎は照れくさそうな笑みを浮かべ、飲んでいた缶ビールを安原のものにちょんと当てた。

「おめでとう」

唐突にお祝いされて戸惑った。

「今日のうちに会えてよかった」

さらにはにかむように意味不明のことを言われた。

確かに日付が変わるまで少しあるが、なんのことかわからない。

「今日のうちって？」

安原の反応に、伊崎もあれ？　というように瞬(まばた)きをした。

「だって、今日誕生日でしょ？」

「誕生日？」

「今日、安原さんの誕生日だよね？」

確認するように言われて、やっと思い出した。

「ああ、そうか。本当だ。よく覚えてたな、そんなこと」

びっくりしたが、伊崎も目を見開いている。

「誕生日だから、今日ご飯行ったんじゃないの？」

またもやすぐには意味がわからなかった。

今日のスペインバルが誕生祝いの会食だと解釈しているのだとわかって、安原は思わず噴き出した。

「いやー、ただの偶然だ。誰もそんなの覚えてないよ」

伊崎が目を丸くした。

「そうなの？」

「そうだよ」

栞はまだ小さいし、翠はそういうことに気が回る性格でもない。

「栞が小さいときにはお絵描きしたのをもらったりしたけどな。離婚してるし父親の誕生日とかそんなもんじゃないか？」

栞はちゃっかりしているので、自分のときには「今月誕生日だからお祝いちょうだい」などと言ってきて、言われるままリクエストされたものを買ってやったりマネーチャージしてやったりする。誕生日といえばそのくらいだ。

へえ…、とまだ呑み込めない顔をしている伊崎に、安原は安原で別のことを思い出していた。

「もしかして、イタリアン行こうって言ってたの、俺の誕生日？」

伊崎が気恥ずかしそうに缶ビールに口をつけた。

「まあ、…たまにはいいかなって」

それなのに、元妻たちと食事をしてくると言われて黙って引き下がったのかと思うと、その勘違いがおかしくて、同時になんだかいじらしかった。

「君はときどきえらく殊勝になるよな」

「なにそれ」

からかうつもりはなかったが、伊崎は嫌そうな顔をした。

「ああ、それでやきもちとかなんとか言ってたのか？」

「うるさいでーす」

いろいろ腑に落ちてにやにやすると、ローテーブルの下で軽く足を蹴られた。

「いやしかし、この年で祝ってもらえるとは思わなかった」

「感謝して」

「お祝いありがとう」

彼の缶に軽く当ててると、今度は一緒に笑ってビールを一口飲んだ。

「本当は錫のぐい呑みとかビールグラスとか考えたんだけど、イマイチ喜んでくれるかわかんなくて」

「プレゼント？　そりゃ嬉しいけど」

「けど？」

「俺は君みたいに気が利かないからなあ、君の誕生日のとき忘れそうだ。クリスマスとか、バレンタインとか、ああいう世間でじゃかじゃかやってるのも基本忘れがちだからなあ、誕生日となると自信がない」

正直に言うと、伊崎がくすっと笑った。

「じゃあ自分でアピールするよ。もうすぐ俺誕生日なんだけどって」

「そもそも君の誕生日はいつなんだ？」

こういうことはさりげなくリサーチするものなのだろうなと思いつつ、そんな器用なことはできないので本人に直接訊く。

「一月二十二日」

「122な」

よし覚えた、と言ったもののそのときになったら忘れていそうだ。

「リマインダーに登録しとくか」

「いいよ、そこまでしなくて」

伊崎が声を出して笑った。

「じゃあメシ食いに行こう。その、君が予約しようって言ってたとこに」

「イタリアン？」

「たまにはいいだろ」

「いいね」

すっかり和んだ顔で缶ビールを飲んで、伊崎がテーブルに頬杖をついた。

「なんか、安原さんといると本当に気が抜けるなあ」

「そりゃよかった」

「俺ってめんどくさいよね、勝手にいろいろ考えて」

「いろいろ考えたのか」

「んー…考えたっていうか。俺じゃなくて前の奥さんと誕生日のお祝いすんのか、でも娘さんもいるならしょうがないよな、でもなんか嫌だなとかさみしいとか…羨ましいとか、そんなことを、ごちゃごちゃと」

「へえ…」

いきなり内心を吐露されて反応に困った。

「もー、こういうときはもっと機嫌とってよ」

伊崎が口を尖らせる。

「でも君が考えてたのは前提が違うからな」

「まあ…そうだね」

伊崎が気が抜けたように笑った。

「めんどくさいんですよ、俺」

「めんどくさいのも嫌いじゃないけどな」

いつか伊崎が口にしていた言い回しを使うと、もう、と軽く睨んでくる。

「でも、別れた奥さん以外にもつき合ってた人いたんでしょ？　そのときも誕生日とかスルーしてたの？」

「二人ともそういうのはさして興味ないって人だったな」

「ふーん」

「君はそういうの好きそうだな」

「イベントは楽しんだもの勝ちでしょ」

伊崎が悪戯っぽく笑う。

「誕生日とか記念日とかにこじつけて、ちょっといい店出かけたり旅行行ったりするの、楽しいじゃん」

「なるほど」

「安原さん、つき合ってくれる？」

「それはもちろん」

さして興味はないが、彼が喜ぶのならつき合うのはやぶさかではない。

「譲歩し合おうよ、俺も興味ないプロ野球見てるわけだし」

「確かにな」

ふふ、と目を細めて笑う伊崎はやはりきれいな顔をしている。

「安原さん」

「うん？」

「安原さん」

ふいに伊崎が声のトーンを変えた。わずかにこっちに身を寄せてくる。

彼は複雑な多面体だ。

目がふっと潤むと、長い睫毛に艶が宿る。そういうことには疎いはずなのに、誘いかけられると自然に応じてしまう。

こういうことは相手次第で変わるものなのだと身をもって知った。

顔を寄せると、待ち構えていたように腕が巻きついてきた。

「好き」

シンプルで短い言葉に、知らなかった自分の中の何かが反応する。

安原は返事のかわりに唇を合わせた。

4

年末に向かうにつれ、居酒屋たぬきはせわしなくなる。

忘年会らしき学生グループや会社員仲間が小上がりを占拠し、いつにも増して店内は賑やかだ。

本社会議を終えて、その日安原はいつもより遅い時間にたぬきの暖簾をくぐった。満席です、と断られる可能性も考えていたが、ちょうど客の入れ替わりの時間帯ですんなりカウンターに座ることができた。

「今日は、お連れさんは」

すっかり顔見知りになった従業員が注文をとるついでに訊いてきた。ここで伊崎と合流することが多いので、店の側も心得ていて、隣の席を確保しておくかという意味だ。

「今日は一人なんで」

安原も年末はふだんの業務に加えて会議や会合が増えるのであわただしくなるが、伊崎の忙しさとは比べものにならない。

共有カレンダーは出張の予定で埋め尽くされ、その合間に安原には意味不明な略語の仕事がぎっしり挟まっている。おかげでもう二週間以上彼の顔を見ていなかった。

社会人同士ならそのくらいのインターバルは珍しくもないだろうが、近所に住んでいて休日は必ずアパートにやってくるような状態だったので、つき合うようになってからこんなに長く間が空くのは、考えてみればこれが初めてだ。

お待たせッしたァ、と威勢よくビールと突き出しの小鉢が運ばれてきた。いつもつけっぱなしのカウンター上のテレビは、今日は歌番組をやっている。アイドル風の女の子が歌っているのはこの時期には必ず街で流れる定番のクリスマスソングだ。

誕生日にこだわっていた伊崎だが、クリスマスは毎年仕事に押し流されてしまうらしい。代わりに年末は一緒に過ごそう、と何度も念押しされていた。どこも行かずに安原さんちでぐだぐだしたい、というのが伊崎の希望で、炬燵にもぐって二人で怠惰を極めることになっていた。

「お待たせッしたァ」

注文していた皿がきて、安原はカウンターの上に置いていたスマホを脇にやった。

それからふと、以前は飲むときにこんなふうにスマホを出すことはなかったな、と気がついた。

伊崎がちょくちょく他愛のないことを送ってくるので、いつの間にかマメにスマホを気にする習慣がついた。

自分の無意識の行動の変化が興味深く、安原はスマホを手に取った。

次に伊崎と会うのは明後日の予定だ。ただし彼の仕事が流動的なので「ちゃんとわかったら連絡する」ということになっている。

　あんまり無理して体調崩さなきゃいいけどな、と考えていると、まるでそれを察知したかのようにスマホがぶるっと震えた。

〈今どこ？〉と伊崎のアイコンが画面に現れた。

〈話できる？〉

〈いいよ。たぬきで呑んでる〉

　すぐに通話がかかってきたが、店はうるさく、かつ電波があまりよくない。安原はカウンターの中の店員に合図をしてから、急いで店の外に出た。

「もしもし？」

　店の外は冷え込んでいたが、新鮮な空気が気持ちよかった。

『ごめん、急に』

「いや。どうかしたのか？」

　どうやら伊崎はタクシーの中のようだ。走行音とＦＭらしい音楽が聞こえる。

『どうもしないよ。今移動中。なんか安原さんの声が聞きたくなって』

　伊崎の声はどこか気怠かった。

「疲れてるな？」

『前の打ち合わせが長引いちゃって。でもあともう一つ顔出したら今日は終わり。ねえ、なんかしゃべってよ』

「いいけど、それならお題がほしいな」

『えー？　そんなの急に言われても』

「そりゃこっちの台詞（セリフ）だ」

一緒に笑うと、伊崎の声に張りが戻った。

『あー、やっぱり安原さんの声聞くと元気になるなあ。早く会いたい』

「仕事が忙しいのはしょうがない」

『この時期はどうしてもね。これでも最近はパーティ的なのだいぶ減ったんだけど、派手なこと好きな人が多いから』

彼の業界のことは何ひとつ知らないが、人脈が大事なんだろうということは想像がつく。

『明後日、安原さん大丈夫？』

「俺はな」

『まだ終わる時間はっきりしないんだけど、遅くなってもいい？』

「いいけど、無理するなよ？」

『俺は無理してでも会いたいの』

不服そうな声に、子どもっぽく口を尖らせている顔が見えるようだ。安原はスマホを耳に当てたまま狭い路地の上に目をやった。冬の夜空に思いがけずちらちらと星が瞬（またた）いている。

『絶対行くから泊めて。あ、でも寝てていいからね。たぶん遅くなるし、鍵あるから起こさないようにそうっと入る』

「君は本当に変なところで遠慮するよな」

笑って話していると店から客が出てきた。ありがとうござッしたァ、と見送りの声が響いて、伊崎が『もしかして、今外?』と気がついた。

「電波悪いし、客多いからうるさくて」

『ごめん、寒いよね』

伊崎が急に慌てた。

「いや、別に大丈夫だけど」

『風邪ひくから戻って。俺ももうすぐ着くから。じゃあまた』

「ああ、明後日な」

名残惜しい気持ちで通話を切って、安原はもう一度夜空を見上げた。

さっきは見えなかったのに、雲が切れたのかきれいな満月が路地向こうから顔を出している。

〈満月だ〉

そんなことはしたこともないのに、なぜか伊崎に見せたくなって、写真を撮って送った。

冷えた肩をさすりながら店内に戻ると、すぐまた返信がきた。

〈ここからは見えない。残念〉

タクシーの窓から一生懸命空を見ようとしている伊崎が目に浮かぶ。安原はふっと笑った。

「すみません、お勘定(かんじょう)」

一人で呑むのがなんとなくつまらなくなって、いつもは日本酒に切り替えるのにビールだけで切り上げることにした。

時計を見ると九時を少し回ったところだ。

最近遅かったので今日は早めに寝るか、と店を出ると、ポケットでスマホがぶるっと震えた。

〈月、見えたよ〉

メッセージに写真がついている。

高層ビルからの夜景だ。光の海の上に、ぽつんと満月が浮かんでいる。

安原は足を止めた。

自分がなにに反応したのか、すぐにはわからなかった。

伊崎は二枚写真を送ってきていた。一枚目は月にピントが合っていなかったので撮り直したようだ。

ピントが合わなかったほうは夜景の反射で、窓に伊崎の腕が映り込んでいる。そのさらに後ろに誰かが立っていた。立食パーティのような雰囲気で、テーブルやワゴンも見える。

その男は、少し離れた位置から夜景を撮っている伊崎のほうを向いていた。

画像をスワイプして男の顔をアップにしていると、伊崎からさらにメッセージが届いた。

〈安原さんの声聞いたら会いたくなった。もう帰りたい、迎えにきてよ〉

冗談半分のメッセージを目のはしで読み、すぐまた画像をタップした。やはりそうだ。

伊崎のすぐ後ろに立っているのは、一度テレビで見たことのある男だった。

各務（かがみ）さん、と伊崎の呼ぶ声がふいに耳に蘇（よみがえ）った。

伊崎が口にする「各務さん」はたいていぼやく調子で、でもその中にいろんな感情が混ざり込んでいた。憧（あこが）れや尊敬、愛着や傷心（しょうしん）。

出会った当初、伊崎は彼への未練を断ち切ることができずに苦しんでいた。

あのころは大変そうだなと同情しただけだったが、今同じことを聞かされたらぜんぜん違うだろうなと思う。

なるほどこのもやもやする感情が「やきもち」か。

ぼやけた男の顔を眺め、安原はふうん、と息をついた。

今まで無縁だった感情だ。

安原は駅のほうに足を向けた。最初は完全に無意識で、あれ？　と一度立ち止まりかけ、すぐに意識が追い付いた。

ロータリーに客待ちのタクシーが数台並んでいる。

〈じゃあ今から迎えに行くか〉

迎えにきてよ、というメッセージにそう返すと、少しして既読（きどく）がついた。

〈ほんと？　じゃあ待ってる〉

〈間に合うかな〉

〈チャレンジして〉

完全に冗談だと受け取っている。それはそうだ。自分でも呆れている。

安原はスマホをタップして共有カレンダーを表示させた。ウィークリーからデイリーに切り替える。

伊崎の夕方以降の予定は、社内ミーティングともう一件、文字色から社外アポだとわかる会合だ。ＳＫカンパニー七周年記念とあって、都内の複合ビルのＵＲＬがついている。七時受付開始になっているから、伊崎は遅れて顔を出しに行ったのだろう。

「すみません、ここに」

マップ検索して運転手にスマホを差し出しながら、安原は自分のしようとしていることに自分で呆れていた。

明後日には会えるとわかっているのに、今すぐ顔が見たい。

とっくに別れている相手だとわかっているのに、昔の恋人が一緒だと思うと気持ちが騒ぐ。

まったく不合理で、どうにも理屈に合わない。

本当に意外だったが、自分の中にもこんな感情があったらしい。

抜け道を熟知したベテラン運転手のおかげで、目的のビルには三十分ほどでついた。コンベンションセンターの入っている複合ビルだ。ホテルや商業施設が隣接（りんせつ）していて、この時間でも人が多い。

安原はエントランスのインフォメーションで目的階を確認してエレベーターに乗り込んだ。終了予定時刻まであと少しだ。行き違いにならないように、エレベーターを降りると〈今着いた〉と短いメッセージを送った。

広々とした廊下に宴会場のような扉がいくつも並んでいる。一番奥の扉だけが開け放されていて、ざわめきが伝わってきた。戸口に警備員が立っているが、会合自体は既に終わっているようだ。マイクで主催者が謝辞（しゃじ）を述べている。

スタッフがワゴンを押して出てきて、若いスーツ姿の社員が数人、早足でエレベーターの前や出入り口で待機した。

会場で大きな拍手が起こり、一呼吸おいて客が出てきた。

「本日はありがとうございました」

「お疲れさまでした」

出入り口で手土産を渡されながら客がぞろぞろ出てきて、にわかに廊下が騒がしくなった。エレベーター前で「端のエレベーターから順番にご利用下さい」と若い社員が声を張り上げて誘導している。

最初の年配の一団がエレベーターで下りていくと、残された招待客同士で談笑が始まり、安原はさりげなくその中に伊崎がいないか見渡した。ここにはいない。

それなら、と人を縫って会場のほうに向かった。

人の目は不思議だ。

どうして自分にとって大事な対象だけはすぐに捉えることができるんだろう。

ずっと昔、保育園の行事で団子になっている幼児の中で、栞だけは一瞬で見分けられたことを思い出す。

あのときも人の意識は面白いものだと思ったし、自分の目が不思議だった。

今はもっと不思議だ。

予想通り、まだ話し込んでいる客は大勢いて、伊崎は窓際で誰かと話をしていた。ほんの数秒で彼を見つけた。

帰ろうとしていたところを呼び止められたというのが見てとれて、安原もいったん戸口のそばに佇んだ。

こちらに背を向けているので伊崎の表情は見えない。

そして相手はやはりあの男だった。黒のジャケットに黒のパンツで、そういうことに疎い安原にも相当の洒落者だとわかる。他人のことをどうこう考えたりするほうではないのに、額に落ちかかる髪をかきあげる気障な仕草に、いきなり猛烈な反発心が湧き上がった。

今まで経験したことのない心の波に、安原は驚いた。

自分にはなんの関係もない相手だ。話をしたこともない。向こうはこっちの顔さえ知らないだろう。そんな相手に強く感情を揺さぶられている。反発心――と対抗心。なるほどこれが独占欲か。

強烈な感情の名前を探り当て、安原は一歩足を踏み出した。

「じゃあ、これで」

伊崎が軽く会釈をして男から離れようとした。

「巧」

男が伊崎を呼び止めた。

「巧！」

ほとんどかぶせるように、安原も伊崎を呼んでいた。

「えっ？」

伊崎は戸口のところに立っている安原に気づいてぎょっと棒立ちになった。

「安原さん？」

下の名前で呼び捨てにしたもうひとりの男のことなど振り返りもせず、伊崎はほとんど走り出しそうな勢いで近づいてきた。

「なに、どうしたの？」

「迎えに来た」

なにも考えず、安原は伊崎の腕をつかんで引き寄せた。

「帰ろう」

伊崎が大きく目を見開いた。

「嘘、マジで?」

口を開けて笑っている伊崎の肩越しに、安原は唖然としている男と視線を合わせた。

気安く名前を呼ぶなよ、と安原は眸(ひとみ)に力をこめた。

「行こう」

促(うなが)すと、伊崎は素直に安原の隣に並んだ。

「びっくりした、なんで?」

戸口を出るときにさりげなく振り返ると、一人で立ち尽くしていた伊崎の元恋人はほんの少し肩をすくめた。

虚勢なのか本心なのか、ちょっと声をかけただけだよ、というポーズに、安原は反応せずに背を向けた。

「ねえ、さっき俺のこと、名前で呼んだよね」

エレベーターホールまで来て、伊崎が小声で言った。

「呼んだな」

「なんで？」

伊崎がからかうように訊いてきた。

あの男が名前で呼んだから、つい対抗してしまった——と自分の心情を言葉にするとなかなか気恥ずかしい。

途中までは自分の反応を観察する余裕もあったのに、あの男が「巧」と伊崎の名前を呼んだ瞬間、我を忘れた。

「なんでかな」

ごまかすと笑っている。

「本当に迎えに来てくれてびっくりした」

エントランスまで下りて、外のタクシー乗り場のほうに向かいながら、伊崎が改めて安原を見上げた。会えて嬉しい、と全身で伝えてくる。瞳がきらきらしていて、一瞬で引き込まれた。

冷たい空気に伊崎の息が白く溶ける。

ショーウィンドウの虹色の照明が伊崎の頬を照らしてきれいだ。

「さっき君が送ってきた月の写真、窓に反射してさっきの人が映り込んでた」

「さっきの人、って各務さん？」

「そう」

ポケットからスマホを出して見せると、本当だ、と目を丸くした。

「それで来た」

説明になっていないが、伊崎は「そっか」と面映ゆそうに納得した。

気恥ずかしいような、満足なような、へんにそわそわした空気にしばらく無言で歩き、歩行者用信号で引っ掛かった。

「あのさ」

タクシー乗り場まで来て、伊崎が軽く安原の手に触れた。

「ホテル行かない？」

5

コートを脇に抱えて少し前を歩く伊崎は、足取りが軽い。ホテルの廊下の暗い照明の中で、淡いグレーのスーツはぼうっと明るく見えた。

安原はファッションに疎いが、彼がいつも着ているスーツが普通の会社員のものと違うのはわかる。安直なラブホテルにはあまり似つかわしくない気もする。

いわゆるラブホテルというものに初めて来た。

「そうなの？」

ビジネスビルの並ぶ通りから少し奥に入ると控えめな「ご休憩」の看板がそこここに出てい

て、安原が初めてだと言うと、伊崎はちょっと驚いていた。

もっとどぎつい内装かと思っていたが、そうでもない。部屋に入るのに靴を脱ぐのに驚き、アダルトグッズの自動販売機に鼻白(はなじろ)んだが、他は意外に普通だ。

「こっち来て」

伊崎がベッドに腰かけて呼んだ。

恋人の声に誘われて上着だけ脱いでのしかかる。

キスしながら服を脱ぎ、脱がされて、ベッドが広いとやっぱり楽だな、と頭の中で考えた。

「買い替えるか」

「なにを?」

「それかもう一台買うか」

「ベッド?」

「やっぱり窮屈だ」

「俺はそれがいいんだけどな、……でも、安原さんゆっくり、眠れない、よね…」

下着を脱がせると、伊崎の腿(すね)を持ち上げた。

「――」

無毛(むもう)の股間はもう興奮しきっていて、そして右の脚の付け根に蝶(ちょう)がいる。指でそっと撫でると伊崎が目を閉じた。

「――ん、ぅ……」

細い声にそそられて、かがみこんで舌先で舐めた。

黒一色に見えるが、近くで見ると翅は紺と黒のグラデーションで、細かな模様も入っている。すっかり見慣れた蝶のタトゥを軽く吸い上げると、伊崎が身をよじった。

「ん、ん……っ」

伊崎はどことなく性別不明なところがあって、最初から抱き合うことに違和感はなかった。完全脱毛しているなめらかな肌ときれいなボディライン、華やかな顔だち。とはいえやはり女性とは明らかに違う。

「あ」

自分がするのは大好きなくせに、されるときは毎回ほんの少し怯む。肌理の細かい伊崎の肌は、汗ばむとしっとりと手に吸い付いてくる。腿の内側を撫で、その感触を愉しみながら彼を呑み込んだ。

「あ、あ…」

同性とするのは彼が初めてなので、当たり前ながらフェラチオなどしたことはなかった。寝るようになってすぐのころは、伊崎は手で触れられることさえ及び腰だった。明るいところで服を脱ぐのも躊躇していて、ふだんは自信満々な彼の気後れしている様子に、安原はなんともいえない気持ちになった。

今はさすがにそんなことはなくなって、むしろ自分が興奮しているところを見せつけてくる。

それでも口で愛撫されるときには、不安そうに身体を固くした。

「――…っ」

完全に勃起した性器を深く含むと、伊崎が泣くような声をたてた。

かわいい。

快感にとけていく様子も、甘えるようにすがってくる手もかわいい。

――あなたの好きなやりかた教えて。

何度もそう言われたが、好きな人と肌を合わせるだけで充分だ。

愛情を快感で伝え、興奮を共有する。

「あ、あ…、もう…、待っ…」

じっとりと熱をもった内腿がぎゅっとこわばり、安原は口を離した。伊崎がはあはあ息を切らしている。

鎖骨がなまめかしく光っていて、今度はそこを唇で味わいたくなった。

「君はどこもかしこもすべすべしてるな」

「そりゃね…」

ふふ、と息を弾ませて笑った伊崎をもう一度組み敷いて、キスからやり直す。小さな乳首が固く尖っていて、それを指の腹で軽く撫でて感触を愉しむのも好きになった。

「ん」

伊崎の呼吸が湿り、じわっとまた体温が上がる。

「ん、…もう、舐めて」

敏感な粒を舌で転がし、もう片方を指で撫でる。淡い色の乳首は固くとがると色が濃くなる。

「はあ、は……っ、あ……」

細い指が性急に安原をまさぐってくる。早く、と次を求められ、安原は身体を起こした。ローションやコンドーム、必要な準備をキスの合間にして、伊崎が腕を伸ばして抱きついてきた。

「顔見てしたい」

「うん」

壁に背を預けると、伊崎が膝にまたがった。

肩にすがり、膝で身体を安定させて、伊崎がゆっくり腰を落とす。包みこまれるような感覚に、安原は息をついた。快感に伊崎も細い息を吐きだす。

「――は……」

時間をかけて呑み込むと、伊崎が顔を寄せてきた。舌を絡ませ、唇を甘噛みし、何度も角度を変えてキスを交わす。繋がったところから熱が溢れ、快感が重く湧き上がった。

「あ、……ん、う……っ、は、は…っ」

我慢しきれないように伊崎が腰を揺すった。

「あ」

背中がびくんと震え、中が痙攣した。中イキ、と伊崎のいう絶頂が安原にはわからないが、頬が紅潮し、目の焦点が甘くなって、恐ろしくエロティックだ。

「巧」

このときだけの呼びかたに、伊崎がぎゅっと目を閉じた。

「だめ、今イッてる、から、今…あ、いい、あ、あ……っ」

思うさま突き上げたい欲求をなんとかこらえ、代わりに快感を味わっている恋人の様子を堪能する。

「あ」

耳にキスをすると、またそれで声をあげた。

「もう――ん、…」

中が痙攣を繰り返し、あ、あ、としがみついてくる。

「安原さんとすると、すぐ中イキする、こんな何回も、…きたら、あ…」

もうだめ、と掠れた声で訴えられ、なにか考える前に伊崎をベッドに押し倒していた。びっくりして抱きついてくる伊崎の中に、改めて深く押し入る。

強烈な快感に、そのまま出してしまいそうになった。

「――は、はっ、はぁ…っ、はあ、…」

徐々にリズムが合って、手を握り、ときどきキスを交わして一緒に高まっていく。

「好き、…」

熱を孕んだ声が何度も「好き」と囁く。

「俺もだ」

こんなときにしか言えない素直な言葉が口をついた。

「俺も君が好きだ」

伊崎の睫毛がしっとり濡れた。

複雑な多面体の彼に合わせて、安原も自分の知らなかった面をさらけ出していた。

「安原さん、もう――」

これ以上は無理、と伊崎が腰を揺すった。大きな波がくる。

互いに手をのばして、ぎゅっと指を絡めた。

心と身体が同時に満たされ、一瞬意識が白くなる。

「――は……」

長い空白のあと、全身から力が抜けて、伊崎の上に倒れ込んだ。

はあっ、はあっ、と激しく酸素を求め、目を見かわして微笑んだ。汗だくの伊崎が手を伸ばして安原の髪に触れる。

「まだ」

辛いんじゃないかと思うが、身体を引こうとするといつも引き留められる。

「もうちょっと、こうしてて」

できるだけ体重をかけないようにしながら何度もキスを交わした。密着した肌から互いの激しい鼓動が伝わってくる。

「巧」

こんなふうに誰かの名前を呼ぶことは、きっともうない。

伊崎が幸せそうに唇をほころばせる。

彼は自分の中の例外の塊だ。


深夜にホテルを出て、タクシーで家に帰った。

当然のようについてきた伊崎に、そろそろベッドを買い替えるか、と安原は考えるともなく考えた。

「いっそのこと引っ越ししてもいいな」

栞の学費が終わったので、そのぶん収入に余裕もある。

「なにー？　なんか言った？」

押し入れから自分の部屋着を出していた伊崎が振り返った。

「いや、別に」

くっついて寝るのが好きな恋人は「明日早いからもう寝るね」と勝手にベッドにもぐりこんでいる。

「おやすみ」

まあゆっくり検討しよう、と安原は部屋の電気を消した。

時間はいくらでもあるのだし。

あとがきとおまけ

AFTERWORD

—安西リカ—


こんにちは、安西リカです。

毎回しつこくカウントして恐縮ですが、今回ディアプラス文庫さんから二十六冊目の本を出していただけることになりました。いつも買い支えて下さる読者さまのおかげだと感謝しております。本当にありがとうございます……！

今回は書き下ろし文庫で、去年出していただいた「嫌いな男」に出てくる伊崎君のお話になります。

私は続篇とかスピンオフとかはあまり書かないほうなのですが、「嫌いな男」にご感想くださった読者さまがこぞって伊崎君のことを気にかけてくださったので、ご感想のお礼に伊崎君のその後をSSにしてお送りしました。何の気なしに書いたものだったのですが、自分でなんだか気に入ってしまい、担当さまにご相談したところ、このような形で読んでいただけることになりました。

もちろんこれだけで読めますので「嫌いな男」未読でも大丈夫ですが、脇で出てくる向居氏と南氏のなれそめが気になられましたら「嫌いな男」もぜひよろしくお願いいたします。

今回はあとがきの枚数が多かったので、短いお話を書きました。よかったらこちらも読んでやってください。

安西リカ

＊＊＊

子どものころから、安原はなにかと許容範囲が広かった。

これがいい、こっちが欲しい、と父の土産から親戚のプレゼントまで上の兄姉たちはいちいち闘争を繰り広げていたが、安原は「どれでも同じ」「さして変わりない」という感覚が強く、それは他のことでも同じだった。必要な自己主張はするが、たいていのことにはこだわらない。

「本当にいいの？」

いつものたぬきで並んで飲んでいて、伊崎が興奮したように確認してきた。

「いいもなにも、ベッドが入らん」

ベッドを買い替えるかもう一台足すかで迷っていたが、どちらにしてもスペースが厳しい。

居ついた猫のようにせっせと安原の家に通ってくる伊崎が用途不明のボトルや服やバッグや靴を持ち込んでいるので、ただでも狭い部屋がえらいことになっている。春には賃貸契約の更新がくるので、もう少し広いところに引っ越しするか、と考えるともなく考えていた。

「君、どうせ家にはほとんど帰ってないだろ」

引っ越しするから一緒に住むか？　と訊いたのは、そのほうが合理的だと思ったからだ。みるみる伊崎の耳が赤くなった。

「えっ嬉しいい。どうしよ。いろいろ便利だからエリアはこの辺がいいよね？　間取りどうする？　部屋分ける？　でも寝るのは一緒に寝ようね。俺は車移動多いけど安原さんは駅近いほうがいいだろうから……あっ」

「どうした？」

興奮ぎみにスマホの不動産サイトに希望条件を入力していた伊崎が、小さく声をあげて検索結果を安原に見せた。

「俺のマンションがヒットした」

別の階の、同じ間取りが表示されている。一瞬の間のあと、同時に噴き出した。

広すぎて落ち着かない、というだけの理由でいつのまにか伊崎のほうが来るのが当たり前になっていたが、普通に考えて伊崎のマンションに移るのが合理的だ。

「そうだよ、安原さんが引っ越ししてきたらぜんぶ解決じゃん。それともやっぱり落ち着かない？」

「いや、いいよ。そうするか」

安原の即答に、伊崎が声を出して笑った。

「いいよね、安原さんのそういうとこ。こだわりなくて」

「そうか？」

確かに昔からこだわりは少ない。

でも大事なことはとりこぼさないほうだ。

「じゃあ、決まりね」

伊崎が喜びを噛み締めるように言って、冷酒のグラスを掲げた。

「末永くよろしくお願いします」

「こちらこそ」

肝心なのはこうして彼が隣で笑っていることで、それ以外はまあ、どうでもいい。

いつもの居酒屋のいつものカウンターで、安原はいつも隣にいてほしい人とささやかな乾杯をした。

この本を読んでのご意見、ご感想などをお寄せください。
安西リカ先生・北沢きょう先生へのはげましのおたよりもお待ちしております。

〒113-0024　東京都文京区西片2-19-18　新書館
[編集部へのご意見・ご感想] 小説ディアプラス編集部「隣の男」係
[先生方へのおたより] 小説ディアプラス編集部気付　○○先生

- 初出 -
隣の男：書き下ろし
今夜の月は：書き下ろし

[となりのおとこ]

隣の男

著者：**安西リカ** あんざい・りか

初版発行：2023年9月25日

発行所：株式会社 新書館
[編集] 〒113-0024
東京都文京区西片2-19-18　電話（03）3811-2631
[営業] 〒174-0043
東京都板橋区坂下1-22-14　電話（03）5970-3840
[URL] https://www.shinshokan.co.jp/

印刷・製本：株式会社 光邦

ISBN978-4-403-52582-7 ©Rika ANZAI 2023 Printed in Japan